講談社文庫

妻が椎茸だったころ

中島京子

講談社

目次

目次

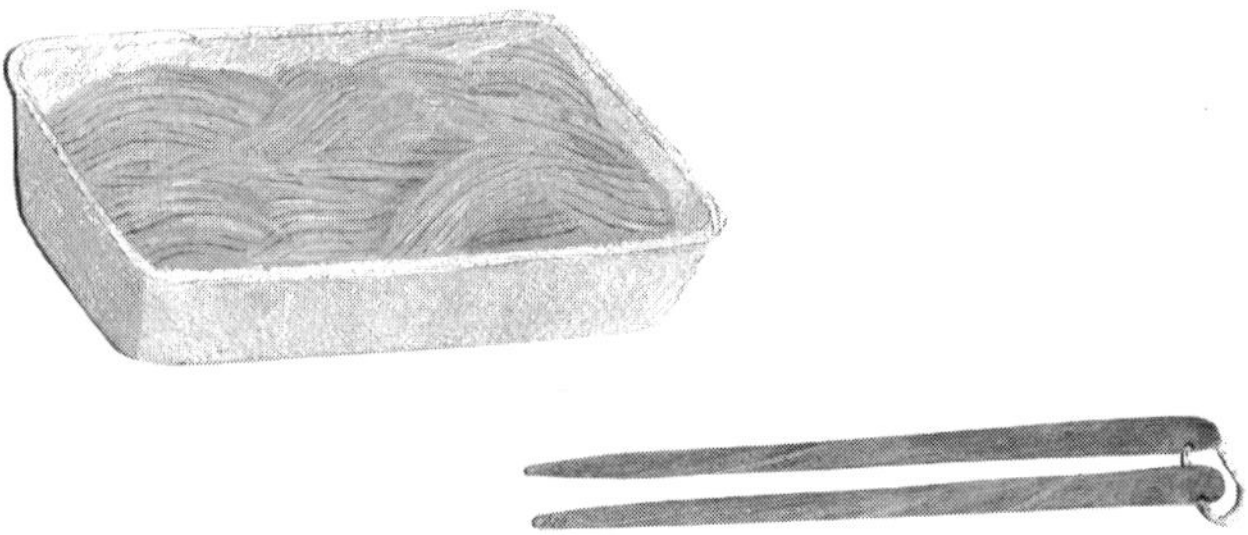

妻が椎茸だったころ

リズ・イェンスカの
ゆるされざる新鮮な出会い

友人が引っ越したので、手伝い方々《かたがた》祝いに行った甲斐左知枝《かいさちえ》は、一息入れながら大型液晶テレビでスカパーを見ていたが、せわしなくチャンネルを変える田村美羽《たむらみわ》の横で、リデルストリート、という英語を耳にして、懐かしいような気持ちになった。

「ちょっと、そのままにして。いま、リデル通りって言ったね」

左知枝は美羽の手を止めさせようとしたが、すでに画面は時代劇専門チャンネルに移っていて、片岡千恵蔵《かたおかちえぞう》が睨《にら》みをきかせている。

「リデル通りがどうかしたの」

「うん、あたし、前、住んでた」

「アメリカにいたとき?」

「もう六年以上前だけどね」

留学したとはいっても、たかだか半年のことで、いまもたいして英語は得意ではない。たまにテレビやラジオからそれが流れてきても雑音にしか聞こえない。真剣に聴いていたわけでもないのに、通りの名前だけが耳に飛び込んできたのには、理由がある。左知枝が六年前に半年間住んでいたのは、ミシガン州ポートエルロイ、リデル通り八番地だった。

大急ぎでチャンネルをCNNに合わせても、もちろん画面にあのリデル通りは映らない。

「どこにでもある通りの名前なのよ」

そう言ってから、どこだったろう、自分はもうひとつ、リデル通りにある家を知っていたじゃないか、と左知枝は考えた。そうそう、そのときも「よくある通りの名前なんだわ」と思ったのだ。ミシガン州でもなく、ミネソタ州でもなく、あれはたしか、友人を訪ねて行ったオレゴン州の田舎《いなか》の町だった——。

その次に、それが友人の住む田舎町ですらなかったことに気づいて、左知枝は思い出し笑いを始めた。

「気味悪い、なに笑ってんの」

美羽がコンビニエンスストアの白い袋から缶ビールを二本取り出す。

「うん。なんかね、リデル通りに住んでたおばあさんのこと、思い出した」

「おばあさん？」

「ひどい目にあったんだよ、あたし、オレゴンで」

「オレゴン？」

あの日はひどい目にあった。あんなこと、若いときじゃないとできない——。

ひどい目にあったとはいっても、いまとなっては楽しい思い出でもある。旅の記憶は、たいていそんなものだ。たいへんな思いをしたときほど、よく覚えている。

オレゴンの田舎に住んでいた友人とは、いつのまにか音信が途絶《とだ》えた。

あのとき世話になった老婦人にも、礼状を書かずじまいで住所を失くしてしまった。

それでも、あの家がリデル通りにあったことだけは覚えている。

すぐそこだと、老婦人が夜のダイナーで右手を上げて後ろを指差したときの仕草まで。

ああ、それなら安心。そう、若かった左知枝は思ったのだ。リデル通りなんですか？　じつは私も、リデル通りに住んでいるんです。ここではなくて、ミシガン州なんですけれど……。

「なにがあったの、オレゴンで」

美羽は缶ビールを左知枝に手渡した。

＊

あの日は、まったくついていなかった――。

六年前のあの日、左知枝は、オレゴン州ユージーンにあるミッション系の女子大に語学留学した友だちの、ホームステイ先を訪ねたのだった。

友人のステイ先ときたら、ユージーンの中心地から車で二時間もかかる場所だった。ホストマザーが大学の事務職員をしているので、毎日学校まではその女性の車で通学しているという話だったが、空港のあるポートランドからは五時間もドライブしないとつかない距離だった。

アメリカだからしかたないのよ、と友人は笑っていたけれど、左知枝がミシガンに帰る日になって、それは大問題になった。

ホストマザーの通う教会の副牧師が心不全で亡くなって、左知枝が飛行機に乗る予定の日に葬式が出ることになってしまったのだ。田舎町のことで、教会の副牧師は名士のようだったし、信心深いホストマザーの知人友人のすべては葬式とそれに付随した諸々の行事に参加するわけで、たまたま居合わせた左知枝を空港まで送ってくれる余裕など、町中の誰にもなくなったのだ。

「他に方法はない。バスに乗るしか……」

同じく信心深いホストファーザーが、眉間《みけん》に皺《しわ》を作ってそう言った。

「だめよ！　誰も、この町では、バスに乗らない」

ホストマザーが大げさに頭上で手を振り回し、彼女の夫は、もう一度厳《おご》かに言った。

「しかし、他に方法はない。彼女はバスに乗るしか……」

「おお、神様。サチ、チキンになってはだめ。やらなくては」

頭を左右に振ってそう言うと、ホストマザーは左知枝を抱擁した。チキンになってはだめ、というのが、勇気を出しなさい、との意味だと知ったのもあの時だった。

彼らは町の名士の葬式の前日に、たいへん難しい顔をしてバスの時刻表を調べ、翌日が日曜日に当たるため、ユージーン経由の路線バスが運行しない、と言った。それからまた猛然と時刻表を調べ出し、カズロ（たしか、そんな名前の町だった）のバスターミナルで乗り換えればそこから直接ポートランドの空港へ行くバスがある、と言うのだった。

翌日、十時からの葬式、十二時からの信者たちの集いの後、夕方五時からの特別礼拝に彼らが間に合う時間帯にと、午後一時にバスの停留所に落とされた左知枝は、そこで一時間暇をもてあまし、ようやく来たバスに乗って、カズロ・バスターミナルへと運ばれた。

その日、午後からオレゴンには雪が降った。バスの客は左知枝ひとりだった。太った黒人運転手は、後部ドアから乗車した東洋人をバックミラー越しに一瞥《いちべつ》したきり、うっすらと白い化粧をした背の高い裸の木が川沿いに続く雪道に、黙々とバスを走らせた。

カズロには五時過ぎについた。予定では、ここですぐに乗り換えをすませれば、二時間後には空港に着き、八時半の飛行機に間に合うはずだった。

しかし、嫌な予感はした。雪は三時間の間に、かなり積もっていたからだ。

五時十分の空港行きは出ない、と、黒人運転手は言った。

いつもならあの場所から出るが、今日は出ない、と。

「私はどうしても八時半の飛行機に乗らなくてはならないの。タクシーを拾えませんか？」

取り乱す左知枝に、黒人運転手は、

「三百年待ったって、この場所にタクシーなんか来ない。しかもこんな雪の日に」

と言うのだった。

左知枝は泣き出さんばかりだった。そして、カズロ・バスターミナルは、泣き出す以外に何ひとつすることのない場所だった。そこは、ただただ広いハイウェイの中継地にあり、ショッピングモールが出来上がる前の基礎工事現場が、計画中止になって三十年ほったらかされた、とでも考えるしかないような場所で、コンテナかなにか、大きなものが停まるべきスペースがそこにありはしたが、停まっているものは何もなかった。

トイレと見まがう建物に事務作業員と思《おぼ》しき小柄な男がひとりいて、後は自分とバスと緑色の制服のバス運転手しか見当たらなかった。運転手は小柄な男になにごとかを話しかけ、それから左知枝に向かって肩をすくめて手を上げてみせた。

な、言っただろ、バスは出ない。

その仕草は、あきらかにそう語っていた。

「なんで、おまえ、カズロになんか来たんだ」

運転手は左知枝の近くまで戻ってきて訊《たず》ねた。

左知枝は答えようがなかったので、代わりにこう質問した。

「この近くにホテルはありますか？」

そのときの運転手の返事は、

「カズロにホテルがあるなら、おふくろの尻に四つ穴があっても驚かねえ」

だったような気がするが、そんな下品なことを初対面の人間に言うものかどうかにも、自分のヒアリング能力にも、左知枝はいまひとつ自信がない。

ほんとうに涙ぐみ始めた左知枝に同情したのか、運転手は節くれだった親指を持ち上げて、少し先のガソリンスタンド脇のダイナーを指差した。

「気の毒だが、ここらで一晩明かすならあそこしかない。一晩中やってる。朝八時に最初の空港行きが出るから、それに乗りな」

運転手は仕事上がりだったのか、自家用車の助手席に左知枝を乗せて、店の名前の電光看板がちかちかするダイナーまで連れて行ってくれた。顔馴染《かおなじ》みなのか店の親父《おやじ》になにごとかを言い、左知枝の二の腕を二回叩いて去っていった。

泣いている左知枝の前に、巨大なアップルパイとまずいコーヒーが運ばれてきたのは、おそらく運転手の厚意だったのだろう。

飛行機を変更するなどという芸当もできず、ただただ乗るはずだった飛行機が飛ぶ時間までべそをかきながら過ごした。

大きなマグカップに何杯めかのおかわりが注がれた。

そのとき、ドアが開いて、寒気とともにアイボリーのコートを着た小柄な老婦人が入ってきた。


老婦人は、店主に声をかけ、左知枝の斜め前の席に腰をおろした。ややあって、老婦人のもとには、白いペーパーボックスが届けられた。婦人は礼を言って立ち上がり、不思議そうに見ている東洋人に、笑顔で話しかけた。

「パイが食べたくなったの。雪が降ってるのに、おかしいわね。この店のパイはカズロでいちばんなのよ。私たち女には、そういうことがあるでしょう？　食べたくてたまらなくなるってこと。あなた、中国人？　どこから来たの？」

私たち女には。

そう言うと彼女は皺だらけの目でウィンクをしてみせた。

「日本人です」

と、腫《は》れぼったい目の左知枝は答えた。

ひとなつこい白人のおばあさんは、するりと向かいの席に座り込み、誰か待っているのかとか、なにをしにここに来たのかとか質問して、左知枝の窮状を聞き出した。

困ったことだ、という顔を、老婦人は何度も左右に振ってみせ、冷たい皺だらけの手で左知枝の赤く膨《ふく》れた手を包んだ。

そして、若い女性がこんなところで一晩明かすわけにはいかない、ここらはそんなに危ないところではないけれど、それでも話を聞いたからにはそんなことはさせられない、と言う。ねえ、今の話聞いた？　と、カウンターの奥にいる店の主人に向かって目を大げさに動かして同意を求め、自分の家に来て泊まるようにと、言ったのだった。

「そんな、それはご親切すぎます。そうしていただくにはあまりに……」

というような意味のことを口にしたつもりではいたが、今となるとなにを言っていたものやら、心もとない。今でもたいして英語はできないが、あのころはもっとできなかったし、日本語の謙遜《けんそん》や謙譲を、そのまま英訳してもまともな会話にはならない。かえって失礼に当たるのではないかと、それぱかり考えていた気がする。

「あなたみたいな若いお嬢さんが、この店で一晩明かすなんて、そんなこと、神様がおゆるしになるはずがないでしょう」

老婦人は、たしかにそう言った。

神様が、と。彼女の話にはよく神様がでてきた。

それだけは、はっきり覚えている。

「すぐそこよ。リデル通りにあるの」

老婦人は、夜のダイナーで右手を上げて後ろを指差した。

「リデル通り?」

「ほんとにすぐそこ」

それを聞いて、ふいに警戒心がとけた瞬間を、左知枝は覚えている。

「リデル通りなんですか? じつは私も、リデル通りに住んでいるんです。ここではなくて、ミシガン州なんですけれど……」

「まあ、今の話聞いた？」

老婦人は再び、カウンターの奥の男に話しかけたが、返事を求めてはいないようだったし、男も聞いてはいないようだった。

あるいは、彼女の「今の話聞いた？」は、左知枝に対して発せられる「驚いたわ」に近い表現なのかもしれない、と思いついたのは、何年も経ってからだった。

「ごらんなさい。いつだって、あなたの家はリデル通りにあるのよ」

たしかそんなようなことを言って、老婦人は左知枝を促して立ち上がった。

「失礼ですが、お名前を。私は日本から来た、サチエと言います」

英会話教材のような口調で自己紹介をする左知枝に、老婦人は笑いかけ、

「ミセス・リズ・イェセンスカ」

と言って、右手を出した。

イェセンスカ、という姓が発音できずに戸惑《とまど》っていると、

「リズと呼んでちょうだい」

そう言って、ミセス・イェセンスカは駐車場に向かって歩き出した。リズ・イェセンスカは、年代もののピックアップトラックに乗っていた。助手席には毛布やら帽子

やら本やら眼鏡《めがね》やらが乱雑に載っていて、左知枝はそれらをだいじに持ち上げて膝《ひざ》に抱き、リデル通りの赤い屋根の家を目指した。

赤い屋根、というのはミセス・イェセンスカが、

「赤い壁に赤い屋根なの。だからすぐわかるわ」

と、言ったからそう思っているだけで、実際は雪景色しか見ていないから、屋根の色までは覚えていない。

雪自体は止《や》んでいたけれど、ヘッドライトに照らされて白く光る道を、二十分ほども走ってたどり着いたリデル通りには、平屋の小さな住宅が並んでいて、三軒に一軒は空き家のようだった。

そこが低所得者向けの小さな住宅が並ぶ通りだと知ったのも、後年のことで、そのころはまだアメリカ生活に慣れてもいなかったし、ピンクやパープルやレモンイエローの壁の、白枠の窓がある木造住宅はじゅうぶんかわいらしく、左知枝の目から見ればそう小さくもなく、手ごろなサイズのファンシーな家に見えた。ただ、たしかに新しくはなくて、木枠が取れていたり、窓ガラスが割れていたりするものもあるにはあって、振り返ってみると、ミセス・イェセンスカが住んでいた通りは、アメリカ中に

よくある、あまり裕福ではない人たちの住む場所だと思えてくるのだ。

ともかくリデル通りの小さな家に着くと、老婦人は左知枝を家に招きいれ、タオルを貸してくれて、温かいお茶を入れるから少し待っていろと言った。

窓際のオイル・ヒーターが暖まるのには時間がかかった。左知枝は部屋の装飾のためにだけあるらしい、蓋が閉まっていて機能を果たしていない暖炉の上に載った、複数の写真を見ながら手足をこすった。

やがて、白いセーターにグリーンのロングスカート、肩に水色のショールをかけた小柄なミセス・イェセンスカが、盆にマグカップを載せて登場した。

「お茶が入ったわ。私はパイをいただくけど、あなたは食べないでしょう？」

ミセス・イェセンスカが言った。家の中で見ると、彼女はきれいな緑色の瞳をしていた。

「息子さんですか？」

左知枝は、暖炉の上の写真を指差して訊ねた。複数形で。

正確には、そこには五枚のポートレートが飾られていた。モノクロームの写真はどれも男性だった。

老婦人は、眉間に皺を寄せて首を左右に振った。

「夫よ」

「五人ともですか？」

冗談のつもりで左知枝が聞くと、老婦人は強くうなずき、

「ぜんぶよ」

と、言った。それから、なにごとか考えるようにして、

「リズ・テイラーは何回？」

と、左知枝に訊ねた。

「ごめんなさい、なんですか？」

「リズ・テイラーは何回結婚したんだった？」

「さあ。七回とか、八回とか？」

「リズ・イェセンスカはたった五回よ」

彼女が気を悪くしたのだと困ると思って、左知枝は大急ぎで話を合わせた。

「ほんとに。まだ三回くらいできますよ」

「しないわ、もう。神様はおゆるしにならない」

老婦人は、小さく頭を振って溜め息をつき、左知枝にマグカップのお茶を勧める。何度か彼女が「ゆるされない愛」と言ったので、その言葉だけは、ひどくはっきり耳に残った。ところが、それも、頭の中ですっかり日本語訳にしてしまったので、その後も老婦人がたびたび口にした言葉が「アンフォーギブン＝ゆるされざる」だったのか「フォービドゥン＝禁忌の」だったのか、どういう英語を使ったのかが、まるで思い出せない。

「いまはおひとりなんですね」

左知枝がそう訊ねると、ミセス・イェセンスカはうなずき、

「子どもはなし。孫もなしよ」

と、次の質問を封じてしまった。

「どの方が、イェセンスカさんですか？」

その問いかけは気に入ったようで、ミセス・イェセンスカは微笑《ほほえ》んで、

「これがミスター・イェセンスカ。トーマス・イェセンスカ。チェコからの移民でね。向こうではトマシュと言うらしいけど、私はトミーと呼んでいた」

その人は縮れ毛に濃い色の瞳をしていて、ややずんぐりした鼻を修正すればハリウ

ッドスターといっても通りそうな顔だちだった。

彼とは、教会の主催する「カンバセーション・デイ」で知り合ったのだと、ミセス・イェセンスカは言った。

「彼は移民で、言葉がだめだったから。『カンバセーション・デイ』に行ったことない？　教会で、ネイティブ・スピーカーが、ノンネイティブの人たちのために、会話のパートナーになってあげるの。それで知り合ったの」

トミー・イェセンスカは、どう見積もっても三十代の前半にしか見えなかった。

左知枝はトミーの右側に置かれた、二つの写真に目を移した。

ひとりはカウボーイのような帽子をかぶった面長の男で、柔和そうな表情をしていた。もうひとりは写真のフォーカスが甘くて、集合写真から無理やり引き伸ばしたようなポートレートになっていたから、いまひとつ顔の特徴が読めなかったが、太り気味で髪の毛が少し長く、タータンチェックのシャツを首元を開けて着ていて、髪と同じ明るい色の胸毛を覗《のぞ》かせているのだった。

カウボーイハットのほうは、トミー・イェセンスカと同じくらいの年齢、タータンチェックは少し年上に見えた。

「これが最初の夫」

左知枝の視線に気づいたのか、ミセス・イェセンスカは太り気味の男の写真を手にした。

「亡くなられたんですか」

訊《き》いたすぐ後に、不用意な質問をしてしまったと思ってうろたえる左知枝の目をまっすぐに見ながら、ミセス・イェセンスカは、罪深いとか、神様はゆるさないとか、そんなような言葉を発したので、「不倫」という日本語が脳裏をよぎった。

「不倫」。英語ではなんと言うのだろう。インモラル？　インモラリティ？

こんな、どこに人がいるのだかわからないような田舎町でいったいどうしてそんなに何度も結婚ができるのだろう。と、考えてから、もちろん、この女性は他の町で最初の、あるいは二度、三度、四度目の結婚をして、最後に住んだのがこの土地なのだろうという常識的な想像が頭に浮かんだ。

「こちらにいらっしゃる前はどこに住んでいたのですか？」

話題を変えようと思って、そう口に出すと、老婦人はマグカップに入れた紅茶で喉《のど》を湿らせた後に、

た。

「ワイオミングよ。ポールと、最初の夫といっしょにこの町に移ってきたの」

それでは、やはりこの町で、彼女は後の四回の結婚をしたのだ、と左知枝は気づいた。

焦点の定まらないポールの写真は、二人の結婚生活があまりうまくいかなかったこと、五人の夫の中で彼がもっとも愛されていない存在だったことを、物語るように思えた。

ふいに、体が温まってきたのを感じて、左知枝はマグカップから口を離した。

「これ、お酒が入ってますか?」

「少しだけね。冬にはこれがいちばん。あら、まだ未成年だったかしら」

「いいえ。とんでもない。もう今年で二十二になるんです」

「ボーイフレンドはどうしてるの?」

問われるままに左知枝は日本に残してきた彼のことを話し、少しのアルコールが舌を滑《なめ》らかにさせたのか、留学先で出会った年下のフランス人のことが、気になってしかたがないのだなどということまで話してしまった。

「ほらごらんなさい」

ダイナーで初めて会話を交わしたときと同じように、私たち女にはそういうことがあるのよ、と言って、老婦人はウィンクをしてみせた。

「じゃあ、ミセス・イェセンスカも……」

「リズと呼んでちょうだい」

「リズ、あなたも、二人の男の人の間で、その……」

「私は、エキスパートよ」

老婦人は嬉しそうに笑い、そのフランス人はセクシーなのか、と唐突に訊ねた。

「え？」

「私たち女は、ここで感じるの。その男はセクシー？」

リズ・イェセンスカは、ここと言って、ハートではなく、まっすぐに下腹部に手を当てた。その仕草は、なんともいえず下品で、いやらしかった。アルコールが入りはじめ——考えてみるとかなり度数の強いものだったのに違いない——、旅先で気持ちがゆるみ、どうせ二度と会うこともない相手だからと大胆になったせいか、左知枝も妙な話がしたくなり、じつはそのフランス人とはもうすでに何度か寝ていること、そのセックスがとてもいいこと、いまも彼の指が体を這《は》う感触を思い出すだけで体の奥がうずき始めることなどを、必要以上に蓮《はす》っ葉《ぱ》な態度で話す羽目になった。

「私とガスがそうだったわ」

どうやらガスは二番目の夫のようで、カウボーイハットの男の写真をリズは指差した。

「だから、ポールの場合は、最初はね、ガスがきっかけ。たまたまよ。その後は、自分を止めることができなかったの」

その後、リズ・イェセンスカは、ガスとのセックスについて長々と話した。まくしたてるように話されると、左知枝の語学力ではついて行けず、途中、マリファナの話が出てきたことくらいしか耳には止まらなかったが、リズが興奮して話していることだけはわかった。

一通り、ガスの話が済んだところで、それではポールとは離婚したのかと訊ねようとして、英単語の「離婚」が出てこず、「さよならした」というような言い方をしたら、老婦人がまたチャーミングに笑い、

「そう。さよならしたの」

と言ったことを思い出す。

新鮮な出会いがあって、と、老婦人が言ったような気がした。フレッシュ。フレッシュ・ミーティングだったか、なんだったか。しかし、のちになって左知枝は、それがいかにも英語のできない人間の勘違いのようにも思われた。その後も、彼女は何度かその言葉を使ったのであり、それらは出会う、という動詞ではなく、肉、という名詞かもしれない。新鮮な肉。ようするに、おそらく、若い男の肉体がどうのこうの。いずれにしても、若い男との鮮烈な情事が、結婚を終わらせたのだという話だと、左知枝は頭の中で翻訳した。

自分の英語力の無さのおかげで、かろうじて赤面せずに会話が続けられているものの、ひょっとして目の前の老婦人は、とんでもないすれっからしの人間が使う変わった話し方をしていたのかもしれない、と左知枝は思った。

彼女のボキャブラリーには、バイト（嚙《か》み付く）とかイート（食う）とかいう動詞が混じったので、それがセックスを意味する動詞だとおぼろげながら知ってはいても、やはりあまり品の良さは感じられなかった。新鮮な肉を食うだなんて。人肉食でもしているみたいではないか。

ポールの次がガス、ガスの次がショーン、その後がマコ、トマシュ・イェセンスカ。マコ、という名前の男はたしか、ヒスパニック系だった。

ショーンは、と言って彼女はミスター・イェセンスカの左隣の長い明るい髪をポニーテールのように後ろで結んだ男を指差した。

ときどき叩くの。

そう、老婦人が言った気がして、答えに窮していると、彼女はゆっくりと、

「あなたのフランス人、叩かない？」

と、嬉しそうに笑いながら言った。

「いえ、一度も」

「そう」

叩くと、ときどき、いいのよ。

老婦人があからさまに楽しげに続けるので、これはどうもドメスティック・バイオレンスの話ではなく、ラブ・スパンキングのようなものかと想像はついたものの、七十代には見える白人のおばあさんの赤裸々な告白を、どう受け止めたらいいかわからずに、左知枝はひたすらマグカップの中の液体を喉に流し込んだ。

次にミセス・イェセンスカは、マコについて話し始めた。

見るからに屈強そうなマコは、五マイルほど先に新しいショッピングモールを造ったときの建設労働者で、グリーンカードはなく、就労ビザで来ていたのだ、と彼女が言うので、それでは結婚のときに審査が必要だったのでは、という疑問が湧《わ》いたが、なにしろそんな複雑なセンテンスを組み立てることができず、ただただ、

「結婚しましたか？」

とだけ、左知枝は訊ねた。

「彼が四人目」

老婦人は、そう答えた。

マコはいまどこに、と訊くと、間髪を入れずに、行ってしまった、という答えが戻った。ゴーン、という響きは、さすがに外国語初心者でも耳馴染みがあった。マコは、メキシコだかどこだかへ、帰ったのだろう。

「みんな、いまはもう、いなくなった」

と、彼女はさびしそうに言った。

結婚して、不倫して、離婚して、結婚して。それを延々五回も繰り返したのだろうか。

マコはタフだったわ。老婦人はそう言って笑った。笑うと歯茎がむき出しになり、それが作り物だということがすぐにわかった。

「みなさん、若いです」

写真を見回して、口をついて出たのは素直な感想だった。

「ええ。彼らは若かった」

若いときの写真なのだということなのかもしれない。

「サチ、あなたの写真を撮りましょう」

唐突にミセス・イェセンスカは言って、立ち上がった。

「私、写真を撮るのが好きなのよ」

それから彼女はまるで用意していたかのようにすばやく照明用の傘と三脚を持ち出してセッティングをはじめ、ストロボを焚《た》いてポートレートを撮影した。もしかしたら、最初の夫を除いた四人の男の顔写真を撮ったのも、彼女かもしれないと、朦朧《もうろう》とした頭で左知枝は考えた。思いのほか酒が回り、眠くなってしまったのだ。

その後のことは何も覚えていない。そのままソファで寝込み、夜が明けたのだった。

翌朝、八時のバスに乗るために早起きした左知枝は、寝ていたリズ・イェセンスカを起こした。起こすのは気がひけたが、彼女が運転してくれなければバスターミナルにたどり着けなかったし、そんな事態はなんとしても避けたかった。

起きてきた彼女は何も言わずに左知枝を一瞥し、しぶしぶといった面持ちで服を着替え、ピックアップトラックを出した。夜と違ってあきらかに機嫌が悪かったので、撮影した写真を送ってくださいとも言えず、ミシガンに帰ったらお礼状を送りたいから住所を教えてほしいと切り出すと、リデル通りの番地を早口で彼女は口にした。

＊

「なんとなく、礼状を出しそびれて、そのままになってるの」

「冒険だね、さっちゃん」

「そうね。若かったからね」

女二人は缶ビールを飲み干して休憩を終え、本棚の整理に入った。

「やっぱりさあ、アメリカ人って、信心深いのかね」

左知枝は本の埃《ほこり》を叩きながら美羽に話しかける。

「なんで?」

「五回の結婚のことを、何度も言うの。神様がゆるさない、みたいなことを。ゆるされざる愛、みたいな」

「誰でもやってるんじゃないの? 離婚なんて」

「五回やったのがまずいのかね」

「四回でしょ、離婚は」

隣室にはテレビ画面がつけっぱなしになっていて、CNNが何度も同じニュースを繰り返し映し出していた。

黒人の女性レポーターが寒空の中、ウィンドブレーカーをはためかせながらまくしたてている。

——五ヵ月前にこの古い家を購入したピーターマン夫妻が、全面的に建て直すことにして家を解体し……基礎工事の最中に地下から五体分の白骨が掘り出されました……オーブンで焼いた形跡が……かなり古い物と推定されます……遺体の身元は依然不明……オレゴン州カズロ、リデル通り……

ラフレシアナ

立花一郎《たちばないちろう》に恋人ができたと聞いたときは驚いた。気の毒だけれど、彼ばかりは生涯、女には無縁だろうと思っていたからだ。

彼とは友人が企画したパーティーで知り合った。

世話好きの友人には、私と彼を引き合わせる意図があったらしい。私は自宅で技術翻訳の仕事をしている。出会いが限られているだろうからと彼女が友達を紹介してくれたのは、それが初めてではなかったけれど、いくらなんでも、あんな変わった男とつきあう気にはなれない。

パーティーだというのに、彼はいつも独りでいた。

誰とも話そうとせずに、できるだけ部屋の隅に座り込んで、じっと音楽を聴いているか、あろうことか、寝ているふりすらしてみせた。あるいはほんとうに、寝込んでいたのかもしれない。

友人が、たたき起こすようにして私を紹介したが、彼は「ああ」とかなんとかもごもご言ったきりで、愛想《あいそ》の一つもなかった。私のグラスが空いていても気付きもせず、そそくさと自分のお酒を取りに行くと、それきり近くには戻らなかった。

もちろん愉快ではなかったけれど、まあそういうことはある。気の合わない人というものは存在する。きっと私に興味がないだけなのだろう。

向こうのほうで椅子が倒れる音とグラスが割れる音、女の人の悲鳴がした。

「やあ、すみません」

うちに籠《こも》っていくような声がしきりに謝っていて、あの男だとわかった。

女性の白いワンピースに、ワインの染みができていた。そばにいた男性が、迷惑そうに彼を見て、女性にハンカチを渡した。周り中が彼女の被害を気遣ってあたふた動いていたのに、彼だけはそこに突っ立ったままで、へどもど謝るしか能がなく、やぼったさを強調していた。

一通りの騒ぎが終わると、パーティーはもとの状態に戻り、友人のアマチュアバンドの演奏が会場に心地よく響き、みんなその些細《ささい》な粗相《そそう》のことは忘れた。

ときおり部屋の隅を見ると、あいかわらず、あの男が独りぽつんと壁を友達にしているのが目に入り、近づいて話しかけたほうがいいのだろうかと気遣いが頭をよぎった瞬間もある。でも、側に寄って一言二言話し、間の抜けた時間が流れ、それではと不自然に切り上げるくらいなら、何も話さずにいるほうがましだった。独りでいたいのなら、独りでいればいいのだ。こうおおぜいいる中で、どうしてあんなみじめな態度が取れるのかが不思議だった。

お開きの時間が近づき、集《つど》っていた人々が帰り始めた。私も、友人にお礼を言うタイミングを見つけるために、部屋の入り口近くで少し待った。本当のことを言うと、誰かが送ろうと言い出さないかと、そのタイミングを計っていたのだ。

パーティーに独りで来て、独りで帰る。別に珍しいことではないし、そんなに嫌なことでもない。でもそこには独身者がたくさん来ていたし、たとえ独身ではなくても、帰り道はいっしょだから途中までいっしょに行きましょうとか、そんな声をかけられたって罰《ばち》は当たらないだろう。帰る時間になると、少しだけ、独りで来たことを後悔する。せめて女友達の誰かを誘っておくべきだったと考える。

世話好きの友人の周りで人の輪が途切れたのを機に、私は彼女と彼女の夫に近づいて「それではね」と言う。

「ありがとう、来てくれて。ねえ、楽しんでくれた？」

と友人が訊《き》く。

「ええ、もちろんよ」

と私は答える。

私の友人は、いつもそんなふうな言い方をするのだ。帰ろうとすると、

「ああ、ちょっと待って」

友人が妙に明るい声を出す。

「一郎くん、あなた、亜矢《あや》を送って行ってよ。同じ方向だもの」

もっさりした一郎くんが、眉を寄せる。

何もそんなに嫌そうな顔をすることはないだろう。

私はどちらかといえば不美人の部類に入る。人生が誰にも平等であってほしいと願うわけではないが、努力ではいかんともしがたいところで幸と不幸の多くが決まってしまうのは残念だ。世の中にはほんとうにあからさまに、不美人に対して露骨な嫌悪感を示す人々が存在する。それがどれほど相手の心を傷つけるかなど、おかまいなしだ。

立花一郎の困った表情を見たとき、私はそれが見覚えのあるものに思えた。物心つ

いて以来、いろんな人にいろんな場所で示されてきた拒絶反応を、こともあろうにあんなにぱっとしない男に浮かべられて、私はおもしろくなかった。

それでも立花一郎は、私の後を追ってきた。友人に頼まれて、優柔不断な彼は、断る口実を思いつかなかったのだろう。

「途中までいっしょに」

例のもごもごした口調で言った。

文字通り、三々五々、帰り始めた人の波を横目で眺めて、私はしぶしぶ承諾した。ともかくこの場面では、独りにならないことのほうが大事だと判断したのだ。ビーチでは、スーツでいるより流行遅れの水着でも着たほうが目立たないし、雨がひどい日には傘を選んでいられない。

友人の家は住宅街にあり、JRの駅まで十五分ほど歩かなければならなかった。ほぼ同じころに歩き出した人々が、いつのまにか前後に散り、路地を曲がったりして、気がつくと私は、立花一郎と二人きり、無言で歩いていた。

無言でなければならない理由はなかったが、話しかけるのもめんどうだった。積極的に話題を提供して間を持たせようとしても、たいした答えが返ってこなくて、疲労感が募るのは目に見えていた。周りに人がいない以上、二人で歩く理由さえない気がした。

　JRの駅が見えてくると、私はひどく急いでいるような仕草をしてみせて、

「それじゃあ、私は」

と、早々に彼の傍《かたわら》を離れた。

　ひどく大きなため息が出てきた。我知らず、息を詰まらせていたに違いない。

　ところがどうしたことか、私は立花一郎と電車の中で再会した。

　ほぼ終電車に近い時刻で、その車両にほかに人はいなかった。離れて座るのもわざとらしいし、仕方がないので私は彼の真向かいに座り、

「同じ電車とは思わなかった」

と、皮肉に聞こえないように注意しながら話しかけた。

「立花さん、どちらなんですか？」

「西荻窪《にしおぎくぼ》です」

「あら、私も」

　偶然ですねとか、珍しいこともあるものですねとか、言ってもよさそうなことを彼

は何一つ言わなかった。

「中央線は、しょっちゅう事故で止まりますね」

ほかに何も思いつかなかったのでそう言うと、

「死にたがる人が多いからでしょう」

という答えが返ってきて、私は早くも話題を提供したのを後悔した。これが立花一郎の発した、その日、最も長いフレーズでもあった。

西荻窪の駅を降りても、立花一郎と私はかなり長い間、同じ道を歩いた。

そのころになると、もう無言も気にならなくなった。

まるで知らない人と歩いているのと同じだったからだ。

彼の家は、私の家より若干《じゃっかん》駅から遠いようで、私がマンションの入り口で、それではと言うと、彼は、はあ、とくぐもった声で言って、暗い道を帰っていった。

住んでいる場所を知られたのは少しだけ気がかりだったが、彼は愛想がないだけで、怖いことをしそうな人物には見えなかったから、気にしないことにした。ただもう、気詰まりだった時間が終わって、ほっとしたことだけ覚えている。

あまりに家が近かったので、それ以来度々《たびたび》彼を見かけることになった。会えば無視するのもおかしいから、互いに会釈くらいは、する仲になった。

よく覚えているのは、西荻窪の改札で、何度やっても自動改札を通り抜けられずに、駅員さんを困らせている姿だった。本人が電磁波でも帯びているのか、バーが開かずつんのめり、その度に駅員さんにICカードをリセットしてもらうのだが、また同じように躓《つまず》くのだ。しまいに駅員さんが出てきて改札機の点検にかかり、本人は憮《ぶ》然《ぜん》として駅員窓口の横を通過して行った。何をしていても不手際な感じの男だった。

その立花一郎がひょっこり訪ねてきたのは、二ヵ月ほど前の、秋のことだった。訪ねるも何も、待ち伏せしていたとしか思えない様子で、私が出先から帰るとマンションの入り口に立っていたのだった。

待ち伏せしておいて、話しかけるきっかけもつかめないのか、彼はしきりにまばたきや咳払《せきばら》いをした。

「私にご用ですか？」

少し棘《とげ》のある口調で問いただすと、

「まあ、そんなわけです」

と、彼は言った。

まあ、そんなわけです——。なんだか横柄《おうへい》に見える態度で。

立ち話もなんですから、とさえ言いたくなかったので、私はマンションの入り口で彼が何を言い出すか待った。すると、立花一郎は、予想もしなかったことを言ったのだ。

「僕は明日から二週間の予定で香港《ホンコン》に出張するのです。ついては、部屋の鍵をお渡ししますので、ネペンテスの世話をしていただきたいんです」

「部屋の鍵?」

「僕の部屋の鍵をお預けするので、ネペンテスの世話をしてもらえませんか」

「ネペンテス?」

まだるっこさにいらだったような顔をして、ともかくいまから僕の部屋にいっしょに来てくださいと言う。

「立花さんの、お部屋にですか?」

「ご心配なく。警戒なさっているようなことは、しませんよ」

「警戒って。私は何も」

「それじゃあ、早く、荷物を置いて来られたらどうですか。僕はここで待っています」

最後はまるで命令口調で、何がなんだかわからないまま、私は百メートルほど先の、立花一郎の自宅に連れて行かれることになった。

オートロックの機械に鍵を差し込んで入るマンションは、意外にも私の家よりずっと高級なものだった。管理人室の横に、小さいけれどもロビーまであって、彼の住まいは十一階にあり、部屋の中も非常にすっきりしていた。

非常にというより、ありえないくらいすっきりしていて、ほとんど家具らしい家具がなく、人が住んでいるとは言いがたいほど空っぽな部屋だった。

そしてバルコニーのある窓に面した、部屋のいちばんいい場所に、大きなガラス張りの檻《おり》のようなものがあって、それが、彼がネペンテスと呼んで、私に世話をさせたがった植物が収まった温室なのだった。

「ハエトリ草くらいは、知ってるでしょう?」

やや馬鹿にした口調で、彼は私にそう聞いた。とてもこれから、他人にものを頼もうという人の話し方ではなかった。

「植物の中には、食物連鎖の法則を逆転させて、虫を飲み込んで栄養にするものがあるのです。ハエトリ草は、二枚の葉を閉じて、止まったハエを捕まえますが、ここにあるネペンテスも、そういった食虫植物の一種なんです」

温室は中で三段に仕切られていて、それぞれの段に置かれたネペンテスの鉢に、三つから五つくらいずつ、瓜《うり》めいた妙な袋がついていた。

「これがネペンテスのピッチャーですよ。このピッチャーの蓋の裏に蜜をたっぷり光らせて獲物を呼び込むのです。汗をかいているみたいでしょう？」

瓜だか袋だかを指差して、立花一郎は説明を始めた。

見せられた植物は、立花一郎がピッチャーと呼んだように、昔の魔法瓶の形で、ハート型をした蓋まで持っている。蓋の裏には、たしかに蜜らしき水滴がついていた。蓋のすぐ下の丸く開いた口には、つやつやした縁取りがあり、蜜に引き寄せられた虫は、襟と呼ばれるこの縁の部分に止まろうとするのだけれど、ひどく滑りやすくできていて、うっかり足を取られた獲物は、一気に壺《つぼ》の中に落ちるのだという。

「ピッチャーの底には消化液があります。袋の内側には、産毛《うぶげ》のようなものが下を向いてはえててね、落ちた虫は二度と這い上がってこられない。死を待つのみです」

平然と、立花一郎は言った。

「それで、私に、何をしろと？」

「二週間、この植物の世話をしてもらえませんか」

「なぜ、」

私に、と言おうとして、言葉が途切れた。

考えてみれば立花一郎のような男には、ほかに頼れる人間がいなかったに違いない。あの気楽なパーティーの席ですら、ほとんど誰とも話さなかった男だ。しかも、こんな大きな温室に保護されなければならない植物では、ひょいと持ち出してあずけるわけにもいかない。通いで世話をしてくれる人が必要だ。

「二週間、香港に出張するんです。言ったはずだけどな」

それが「なぜ、」への答えだ、何度も言わせるなと言いたげだった。

なんという不器用な依頼だろう。

私などに頼んできたからには、ほんとうに他に適当な人物がいないに違いない。目と鼻の先に住んでいる私なら、たしかに部屋に来るのはそれほど手間ではなかった。

それにしても、頼み方というものがあるし、だいいち私たちはそう親しくもない。

「これは、たいへんデリケートな品種です。同じネペンテスの中でも、戸外栽培のできる丈夫な種類もありますが、これはラフレシアナといって、育てるのが難しい。手を抜くと枯れてしまうから、大事にしてやらなくてはいけないのです。幸い、いまは比較的気候がいい季節なので、遮光《しゃこう》の必要はありません。なるべく日当たりのいいところに置き、毎日たっぷりと水を遣《や》る。水遣りは夕方、日の光が落ち着いた時刻がいいでしょう。日中は少し渇き気味のほうがいい。夕方にじゅうぶん潤してやる。びしょびしょにする必要はありませんが、水苔《みずごけ》がしっとり湿るように。ちょっと、やってみましょう」

室内温室の戸が開けられ、霧吹きが水を撒《ま》いた。

ネペンテス・ラフレシアナは、見た目にも妙な植物だった。

長く色濃い緑の葉の先から、唐突に蔓《つる》が伸びだしていて、その蔓に瓜のように下がって、地面に座っているように見えるのが、虫を食うというその、ピッチャーであるらしい。

ピッチャーは、うすい黄緑色の地肌を赤銅色《しゃくどういろ》のまだらが覆い、全体的には赤く、人の皮膚でできているように見える。下のほうが少しぽってりと丸くて、斜めにぐいと伸びた筒のような形状で、最初にも言ったように、その筒には口と蓋がある。見れば見るほどグロテスクな形をしていて、角度と表情によっては、男性にも女性にも見えた。

立花一郎の温室には、室内の空気を循環させる内気扇やら、温度を一定に保つためのヒーターやらがついていて、季節と天候に応じて、作動させるらしい。内気扇は一定間隔で自動的に回るようにセットされているし、ヒーターは冬しか使わないので触らないようにと、彼は釘を刺した。私が世話をすることを、頭から疑っていないようだった。

「一日に一回、水を遣りにくればいいの？」

断るのが気の毒になってきて、とうとう私は引き受けてしまった。

目の前の食虫植物はひどく肉感的で、心まで持っていそうでもあり、私のせいでこれが枯れてしまうと、なんだか恨まれたり、祟《たた》られたりしそうな気がした。

「ええ。それではお願いします」

「戻るの、二週間後なのね？　ねえ、難しいことは嫌よ。夕方水を遣りに来ればいいんでしょう？　それさえきっちりやってれば、枯れないわね？　こんなの、なんだか責任が重いわ。他人の家の子供をあずかるみたいで」

「いまは気候がいいので、難しい手当てはいらない。湿度と温度がきちんと保たれていればね。まあ、僕は家にいられる日は日照に応じて温室の場所を移動させているけど、ここは窓も南向きで暖かいので、それはやらなくてもだいじょうぶでしょう」

「立花さんだって、勤め人でしょう？　家にいられる日って、せいぜい土日くらいじゃないの？」

「会社が近いので、昼時に戻ってくるんですよ。午前と午後では、日の当たる場所がかなり違ってきますから。でもまあ、そこまでしてくれとは言いませんよ」

「ねえ、やっぱり、不安だわ。万が一、枯れちゃったりしたら、恨まれそうだもの。とにかく、出張中の連絡先を教えてよ。妙なことになったら、すぐ電話するから」

他人のものをあずかる以上、当然のことだと思うが、立花一郎は、いまのいままで思いつかなかったらしく、素《す》っ頓狂《とんきょう》な表情をした。

「名刺を渡しときますよ。ホテルでメールチェックするから」

名刺をもらうのは、実は二度目だったが、気づかないふりをして私はそれを受け取った。

翌日、夕方に家を出て、私は立花一郎のマンションに行った。

鍵を開けて、がらんとした部屋に入る。西の窓から射し込む光に照らされて、ネペンテスの葉がきらりと光った。

「お待たせ」

私は霧吹きに水を入れて、温室の扉を開けた。湿度の高い空気が洩れ出てきて、肌を包み、かすかに花のような甘い匂いが鼻をついた。

なぜ私は、植物に話しかけたのだろう。

孤独な立花一郎は、きっと毎日、この植物に話しかけているに違いない。そう思うと、ちょっと笑いがこみ上げた。

近くで見ると、この植物は、歌っている口のようにも見える。『不思議の国のアリス』に、おしゃべりな花たちが出てきたけれど、うっかりするとしゃべりだしそうだった。ぽってりとしたお腹を持った動物のようでもある。陸地よりは、海の中にでもいそうな生物だ。ホヤとか、海鼠《なまこ》の類《たぐい》。

「虫を食べさせるのだけは、やめてくださいね。胃もたれして死んじゃうから」

注意事項はそれだけだと、立花一郎は言ったが、食虫植物がほんとうに虫を食べるのかどうか、見てみたい気もする。

水を吹き付けると、植物が揺れて笑った。笑った気がしたのだ。鈴のように垂れ下がったピッチャーは、満足げに赤い体を光らせていた。

それだけのことを済ませてしまうと用はなかったが、持ち主不在の部屋に入り込むと、人は好奇心との戦いを強《し》いられる。

立花一郎のリビングダイニングは殺風景で、ガラス張りの室内温室のほかには背の低い簡素な本棚があるきりだった。本棚の中身は覗かなくてもわかるような、『世界の食虫植物』とか『食虫植物育て方Ｑ＆Ａ』といった、趣味の実用書と写真集ばかりだった。それにしてはばかに広い１ＬＤＫで、キッチンカウンターの近くに脚の長い丸椅子が一脚だけ置いてあった。食事はそこでとるのだろう。

ダイニングテーブルも、ソファセットもないところを見ると、ほんとうにお客をまるで想定していない。

冷蔵庫の中には、食べ物ではなく、土だか肥料だか、そんなものが入っていた。持ってきたペットボトルを、なんとなく入れてみた。

さすがに寝室やバスルームを覗くのは気が引けたので、それだけすると家に戻ったが、なぜだかラフレシアナのことは気がかりになり、翌日は午前中に出かけた。

なるほど彼が言ったとおり、午前と午後では日照の場所がまるで違う。午後なら元々あった場所でかまわないけれども、午前中ならダイニングに近いほうの窓に寄せてあげないと日が当たらない。

私はキャスターつきの温室をごろごろ転がして、光の射している場所に移動させた。

「午後にはまた来るわ」

そう、声もかけた。

家が近いので、日に二度訪れるのは、さほど苦にならない。午後二時に戻ってきてみると、日は本棚のあるほうの窓から射し込んでいたから、もう一度ごろごろと温室をひきずって、十分日光があたる位置に戻した。

しかし、夕方の水遣り時間までは、まだ三、四時間ほどある。

少しばかり、『食虫植物育て方Q&A』を読んで時間をつぶしたが、仕事もあるのでまた家に帰り、結局その日は三往復した。

それでは、あまりにばかばかしいので、次の日は仕事を持って出た。昼間ざっくりとおおざっぱに訳しておいて、夜自宅で推敲《すいこう》することを考えるなら、大きな辞書類は不要だ。私はラップトップパソコンと翻訳すべき資料を持って、立花一郎のマンションを訪ねた。

まるで私を待つかのように寂しげに、日の当たらない場所に温室がぽつんとあった。

私はキッチンカウンターに仕事を広げ、丸いスツールに腰掛けて仕事をした。

こうしてみると、日照の変化は、午前、午後という単純なものではなく、ほんとうに刻々と変わるのだから、きちんとネペンテスの世話をしようと思うものなら必ず、日の動きを見て温室を動かしてやらなければならないだろう。

しかし熱帯といえども、丸一日日があたっているはずもないのだから、ともかく植物が寒さを感じないように考え、午前に二回、午後二回、私は場所を動かした。

夕方には、たっぷりと水を与え、虫を食べさせる誘惑を抑え、

「おやすみ」

を言って、家に帰った。

その次の日は、仕事の資料だけでなく、ダイニングの丸テーブルと椅子を持参した。ふだんも、食事と仕事の兼用で使っているが、軽いので持ち運べるところも気に入っている。キッチンカウンターとスツールで仕事をするのは、いくらなんでも腰に悪い。

床を汚さないように、いつも敷いているラグマットも持って行った。家からわずか百メートルの距離なのに、ずっと遠い駐車場に置いてある車を、わざわざ動かして運んだ。結局、それから十日ほどの間、植物の世話をしなければならないのだから、日に何度も足を運ぶのは時間のロスだと思えたのだ。

水遣りの時間が来ると、かっちり閉じあわされた温室の扉を開ける。霧吹きで、しっとりと植物を湿らせる。葉や茎やぽってりしたピッチャーが息をするのがわかる。ピッチャーは動物のようにも、楽器のようにも見える。いずれにしても、にぎやかな鳴き声や音楽を聴かせてくれそうな気がするのだ。

ラフレシアナは元気だと、立花一郎に知らせたくなってきた。アドレスは聞いてあるのだから、一言メールしてもいいだろう。

その日は自宅からメールを送ってみた。

二日ほどして、

「了解しました」

という短い返事が来た。

一度だけ、虫を食べさせたことがある。

どこから飛んできたのか、とても小さな羽根蟻《はねあり》が部屋の中にいたのだ。耳元で煩わしい音をさせ、払いのけたらテーブルに落ちた。

もし仮に、この羽根蟻があの植物の唇みたいな肉厚の縁にとまったら、どんなことになるのだろう。羽根蟻がまとわりついたのが、私ではなく、ラフレシアナだったとしたら。蟻はするりとピッチャーに落下し、消化液で溶かされてしまうのだろうか。

羽根蟻は白いガーデンテーブルの上で、体を右に曲げてよたよたしている。私はそっと、紙の上に蟻を乗せ、温室の傍まで運んだ。扉を開け、うれしそうに口を開けている植物の一つを選び、肉感的な唇に置いてみる。羽根蟻はあっというまに壺の底に滑り落ちて、しばらくみじめにもがいていたが、やがてとても静かになった。

「胃もたれして死んじゃうから」

立花一郎の言葉が甦《よみがえ》ってきたが、ピッチャーは小ぶりの茄子《なす》のような大きさで、羽根蟻はほんの二ミリ程度なのだから、胃もたれするほどの食事でもあるまい。もし、これが原因で枯れてしまったら、水遣りで扉を開けたときに、羽根蟻が自分から飛び込んだのだと言おう。絶対にそんなことが起こらないとは、彼だって言い切れないのではないだろうか。

翌日、朝一番に、私は虫を食べたピッチャーを確認した。底の消化液に、蟻の形はもうなかった。植物はなんだか前より生き生きしているように思える。

ほらごらんなさい、胃もたれなんか、起こさないじゃないの。

私は少し勝ち誇り、立花一郎に自慢してやりたくなったが、なにしろ虫を食べさせてはいけないと言われているから、もちろん知らせはしなかった。

そのようにして私は二週間を過ごした。

朝起きると立花一郎のマンションへ向かい、昼食を外に食べに出たり、あるいは買って戻ったりして、午後も夕方までそこで過ごした。

私は、ネペンテスを心の拠《よ》り所《どころ》にしている立花一郎の生活が理解できるような気がした。もちろん、同情はしなかったが、変な男にもそれなりに人生はあるのだ。

ラフレシアナと別れる日は少しだけ寂しかった。

私がいた痕跡《こんせき》が残らないように、部屋をきれいに掃除して換気を済ませた。

立花一郎は鍵を取りにやってきたが、もごもごと誠意のない声で礼を言うと、空港で買ったことが一目でわかる、包み紙が香港の観光名所、といった感じのチョコレートを差し出した。

「元気にしていますよ」

少しは感謝して欲しいと思いながら、控えめにそれだけ言うと、

「ああ」

と、何とも張り合いのない返事を、彼は寄越した。


立花一郎に恋人ができたと聞いたときは驚いた。例の、パーティーを開いた友人が知らせてくれたのだ。

「正直、あなたとなら気が合うんじゃないかって期待してたのよ」

友人はすまなそうな声を出した。

「悪い人じゃないんだけど、ちょっと変わってるところがあるから。その、彼女というのがね。外国人なのよ。タイだか、カンボジアだか、どこかの人。もちろん、好き

ならかまわないけど。私はあなたのほうがずっといいと思ったのに」

私はなにも、立花一郎となんかつきあわなくたっていいのだが、彼に恋人ができるとは思わずにいたから、とても奇妙な気持ちがした。そんなはずはない、ありえないだろうという思いもあった。

賭《か》けてもいいけれど、あれだけ変な男と、まがりなりにも口を利いたことのある人間なんて、ここ十年単位で考えてみたって、私くらいだろう。しかも、私は彼に頼まれて、ネペンテスの世話までしてやったのだ。

私はあの殺風景な部屋で、ネペンテス・ラフレシアナに話しかける、孤独な立花一郎を想像した。パーティーの席で独り壁に向かっていた姿や、私のマンションの玄関で、ぼんやりと待っていた様子や、自動改札に何度もひっかかる、不器用な彼も思い出した。

どう考えても、立花一郎のような人に、恋人ができるとは思えない。これは何かの間違いだ。間違いというよりも、もっと恐ろしいことのような気がする。彼は騙《だま》されているのかもしれない。ああいう孤独な人ほど騙されやすいし、何かのきっかけで懇意になった相手に執着しすぎるというし、のめりこむとどこまで行くかわからない。

常人には理解の及ばない妙な境地に至ってしまうことすらあると聞く。私はほんとうに、結婚詐欺の心配をしていたのだ。

友人にその話を聞いてから数日後に、街中で彼とその恋人を見かけた。

私は息を呑んだ。ああ、こういうことだったのかと思った。

それならわかる。それなら理解できる。あの人ならやりかねない。そういうことも、あるだろう。

しかしだからといって、驚きの気持ちは去らなかった。

なぜなら、彼の恋人は、ネペンテス・ラフレシアナだったからだ。

似ているとか、そういうレベルの話ではない。ラフレシアナそのものなのだ。あのずんぐりした胴体、赤銅色の斑点が覆う黄緑色の体、びらびらした気味の悪い唇、趣味の悪いハート型の帽子。あんな巨大なラフレシアナのピッチャーを、彼はどこで見つけたのだろうか。

ネペンテス・ラフレシアナは本来、東南アジアなどの熱帯ジャングルに自生する植物である。低温に弱く、たいへん高い湿度を好む。低地の湿地や熱帯雨林の開けた草原や崖地に生育し、ほぼ毎日のようにスコールを浴びているという。

友人は、立花一郎の恋人が外国人だと言ったが、そうではなく、外来種なのである。おそらく、ブルネイとかインドネシアのほうではあるまいか。

ただし、ラフレシアナはたいへん生育範囲が広く、あっと驚くような場所にも生えていて、形状も変異が多いそうだ。意表をつく巨大種が、昨今の異常気象に乗じて生まれてしまったものか。それにしても、ずいぶん大きく育ったものだ。

たしかに立花一郎は、むやみにうれしそうに歩いていた。

ぽってりしたラフレシアナと連れ立って歩いている姿は、はっきり言って、滑稽《こっけい》そのものだった。人間と植物の取り合わせ。気味が悪いのを通り越して、笑わざるを得ない。道行く人は、みな振り返った。

立花一郎は、まったく意に介する様子もなく、ピッチャーの蔓の部分と仲良く手を繋いで、堂々と闊《かっ》歩《ぽ》している。

あれは外国人なんてもんじゃない。外国産の植物ですよ。

友人に電話して注意を喚起《かんき》しようかと考えたが、私と彼女はそれほど頻繁《ひんぱん》に連絡しあう仲でもなかったから、そのときは遠慮した。

かわいそうな立花一郎。いくらネペンテスが好きだからって。だいいち、温室から出歩いて、彼女は大丈夫なのだろうか。

常々思っていたことだが、ネペンテスのピッチャーには、一つずつ独特の表情がある。情けないのもあれば、威張りくさっているのもあるのだが、立花一郎の彼女となったネペンテス・ラフレシアアナは、ずいぶん派手な、意地悪そうな顔をしていた。まずあの、びらびらした唇がよくない。胴長で腹が出ているところも品がない。

ある日、散歩の途中で、立花一郎とラフレシアアナが食事をしているのを目撃した。北口を少し行った、善福寺《ぜんぷくじ》に近いあたりに、ボサノヴァを聴かせるカフェがある。近所ではなかなか評判のいい店だが、私は入ったことがなかった。大きなガラス窓を通して、中の様子がよく見えたので、私は彼らの飲み食いしているものを凝視した。

なんということ。

ラフレシアアナは、バーベキューチキンやら豆サラダやらを、うまそうにあの口に放り込んでいる。立花一郎は笑いながら、彼女のグラスに発泡性のドリンクを注《つ》いでいるのだった。

食虫植物に肉を食わせてもよいものなのか。

たしかに、立花一郎の彼女のラフレシアアナは巨大で、人間の女くらいの大きさがあり、したがって胃袋も大きく、消化液もたっぷりしているだろうけれども、本来なら虫一匹でも胃もたれを起こすはずのラフレシアナに、鶏肉を食べさせる神経が理解できない。

一面ガラスの真新しいカフェは、考えようによっては温室に近いとも言えたけれども、そこに留まっているわけではなくて、立花一郎と出歩いているのだから、生育環境がよろしいとは言えない。

私はラフレシアナの健康のために、たいへんやきもきした。立花一郎が変わり者だということは知っていたけれども、常識くらいは持ち合わせていると信じていた。どこか、裏切られた気持ちになった。

さすがにこれは、一人の胸に収めておけない問題だと思って、私は友人に電話をかけた。

いくらなんでも、非常識だし、誰かが止めないと、どこまで突き進むかわからないからだ。友人は私の言うことに冷静に相槌《あいづち》を打ち、しまいに、

「たしかに彼はおかしいわ」

と、言った。

「そうでしょう？　あのままにしておくのは、どうかと思うけど」

「亜矢の気持ちはわかる。亜矢がそこまで私に話してくれたのも、なんだかうれしかったわ。だって、亜矢って、ちょっと何を考えているのか、わからないところがあったのよ。他の女友達みたいに、べたべたした関係を作らないじゃない？　ポーカーフェイスっていうか、自分のこともあまり話したがらないし。でも、今度の件で、亜矢を、すごく身近に感じられたわ」

「他のことなら、ほっとくわよ。でも、ちょっと心配になって」

「そうね。私もいまとなっては、一郎くんの家に怒鳴り込んで、頭を木刀かなにかで、殴りつけてやりたいような気持ちよ」

「あらまあ、そこまでしなくても」

「だって、あんまりだもの」

「そうでしょう？」

「あの人は常識がないばかりじゃなくて、他人の気持ちがわからないのよ。人間の気持ちがわからないの。こんなにひどいって、思わなかったわ」

「どういうこと？　つまり、植物の気持ちしか、わからないってこと？」

「え？　植物の気持ち？　ええ、まあ、そうね。亜矢って、おもしろい言い方するわね。そうよ。その通りよ。あの人、人間の気持ちがわからないのよ。植物の気持ちしか、わかんないのよ。最低」

「最低！　でも、なんていうのかしら。私はむしろ、あの人、植物の気持ちも、ほんとのとこ、よくわかってないいんじゃないかって、そこが心配なのよ」

「いいじゃない、わかんなくったって。亜矢がそこまで考えてやることなんか、ないのよ。そうよ。人間の気持ちがわかんない人に、植物の気持ちがわかるわけないわ。ああもう、なんて人なの、一郎くんって。亜矢に鍵を渡して、植物の世話までさせておきながら。私はもともと一郎くんなんか、パーティーに呼ぶ気、なかったのよ。ダンナの友達だから仕方なく呼んだのよ。変わり者だけど、根は悪くない奴だなんて言うから、私、紹介までしちゃって。ごめんね、亜矢。全部、私の責任よ」

「何を言ってるのよ。あなた、何の責任もないわよ。ただまあ、彼の態度は問題ね」

「そりゃそうよ。あんまりだわ。何度も言うけど」

「それで、どうする？　ラフレシアナを連れまわすのはよしなさいって、言ってやる？」

「え？　それは」

友人は電話口の向こうで、しばらく黙った。

彼女に連絡したことを、何十回と後悔させる沈黙の後で、友人はようやく口を開いた。

「それはさすがにできないわよ。一郎くんの選択だもの。たしかに彼はおかしいわ。そして最低よ。大馬鹿野郎だわ。ほんとにそう思う。でも、彼が決めちゃったことなんだもの。他人がどうこうできない」

そこを何とかしないといけないのではないかと、喉から口まで出かかったが、ことの重大さを理解していない友人をどう説得したらよいかわからなかったので、私は、

「そうね」

と言って、電話を切った。

自ら出向いて、あなたのラフレシアナの扱いはおかしいと言ってやるべきかどうか、私はずいぶん悩んだ。私以外に、それができる人間がいないのかもしれない。よくよく考えてみたら、夫の知人としてしか立花一郎を知らない友人よりも、私のほうが彼を知っているのではないか。

私は彼を知っているし、彼の部屋を知っている。

彼の温室も本棚も、実を言えば、寝室も浴室も知っている。ああして、命より大切な植物の世話を頼んできたことを考えても、彼にとって、私がいちばん大切な人間であることは、これ以上ないほど、はっきりしている。

もちろん、「いちばん大切な人間」は、「いちばん大切な植物」よりは、大切さにおいて劣るかもしれないけれども。

彼の行いが正しくないことを指摘できるのは、究極のところ私しかいないように思われた。しかし、友人の言ったこともどこか耳に残っていたし、出かけて行くのも、立花一郎を正気に戻すのも、骨の折れる作業なので、結局実行には移さないまま、数日が流れたのである。

それでもなんとなく気にかかって、ときどき彼のマンションのあたりまで歩いてみることがあった。なんといっても近くなのだし、あの巨大なラフレシアナについては考えないとしても、私が二週間ばかり世話をした食虫植物にだけは、元気でいて欲しかった。

だから、とある日曜の朝、立花一郎のマンション入り口に、粗大ごみとしてあの温室が出されたときは、胸に杭《くい》が打ち込まれるほどの衝撃を受けた。

何を考えているのか、あの男は。

私は、あの男の孤独な部屋を思い浮かべた。

家具らしい家具もなく、あるのは食虫植物の温室と、その育て方の本が並ぶ本棚だけ。寝具以外何もない寝室、ホテルのように整然とした浴室、植物の肥料だけが入っている冷蔵庫、飾り気のない玄関。

日が一日中当たるリビングダイニングには、南向きのバルコニーに大きな引き戸の窓が二対《つい》。リビング側と、ダイニング側。太陽は午前中、ダイニングに近いほうから差し込んできて、午後にリビング方面に移動する。黒い四つのキャスターのついたガラスの温室は、ころころと静かな音を立ててフローリングを転がり、ネペンテス・ラフレシアナに十分な日光を供給していた。扉を開けると、少しもわっとした空気があがる。時間が来ると、内気扇が回る。ネペンテス・ラフレシアナが呼吸しやすいように、生きやすいように、それだけがよく考えられた温室。

あの部屋で立花一郎が、どれほど、小さなネペンテス・ラフレシアナに孤独を癒《いや》されてきたか、私にはわかる。

彼は毎日植物に話しかけ、水をやり、新しいピッチャーがつく度に小躍りして喜んだはずだ。温室を組み立てて、そこに鉢を入れてやったとき、さあ、もう怖がることはない、ここが君たちの家だよ、守られているんだよと、そう話したに違いないのだ。

私は温室の傍に駆け寄った。千切《ちぎ》るように断たれた内気扇のコードと、運搬するために外してしまった仕切り板が、不細工にもガムテープで温室の底に貼り付けられているのを見た。

なんということをするのだろう、あの馬鹿男は。

いったい、小さな鉢たちをどうしてしまったのだろう?

今度ばかりは、居てもたってもいられなくなった。

私は彼の部屋番号を押し、インターホンに向かって大きな声を出した。

「立花さん、開けてちょうだい！　温室が捨ててあるわ。あなた、あの植物をどうしたの?　ネペンテス・ラフレシアナをどうしたのよ！」

やや沈黙があり、

「はい」

と、意味のない返事が聞こえて、エントランスの自動ドアが開いた。

私は建物に滑《すべ》り込んでエレベーターに乗り、十一階まで上って、彼の部屋に直行し、呼び鈴を鳴らした。

当惑気味に、立花一郎が顔を出した。

そしてあろうことか、背後にはあの、巨大なラフレシアナが歌うように口を開けている。

「なんですか、藪《やぶ》から棒に」

立花一郎は、迷惑そうな顔をした。

「藪から棒でもなんでも、これだけは聞かずにはいられないわ。立花さん、ネペンテス・ラフレシアナをどこへやったの?」

「ああ、あれですか。ごらんの通り、引越しをするんでね」

彼は、玄関のドアを大きく開いた。

私は眩暈《めまい》に襲われた。

部屋の中はまさに、引越し荷物が作られている途中だったが、あれほど整然としていた彼の部屋には、恐ろしいほど物があって、まだ段ボール箱に入れられていない家具や小物たちは、毒々しい色や、目を覆いたくなるような模様に満ち溢れていた。

そんな馬鹿なと、私は思った。

私が彼の部屋でネペンテスの世話をしたあの二週間から、たったの二ヵ月ほどしか経っていないのだ。それなのに、部屋はすっかり変わってしまっていた。

あの広々とした窓には、花柄の遮光カーテンが下がっていた。いつのまにかダイニングセットや液晶テレビ、格子縞《こうしじま》のソファまでがリビングを占拠して、もはやかつての立花一郎の部屋ではなかった。

「どうしたの？　立花さん。ネペンテス・ラフレシアナを、どこへやったのよ！」

「ネットオークションで売りましたよ。引越し先には、温室を置く場所はないんです。それに彼女が、あまり好きではないようなので」

彼の後ろで、巨大なラフレシアナは大仰《おおぎょう》に蓋を左右に振ってみせた。

ほらごらんなさい。このでかいのは、とうとう彼を独占してしまったのだ。

「立花さん。目を覚ましなさいよ。あなた、あの小さな鉢たちを、すごく大事にしていたじゃない。売り払って、どういうことなの？」

私の剣幕にたじたじとなって、一言もしゃべれなくなった立花一郎の後ろから、大きなラフレシアナがめんどくさそうに声を発した。

「一郎ちゃん、誰なの?」

「うん」

立花一郎は振り返り、でかいピッチャーに小声で何かを語りかけた。ラフレシアナは、大きなお尻をふらふらと揺すった。

「この人なのね。パーティーで会ったっていうのは」

「ああ」

「へえ。この人が」

「たまたま近所だったからさ。植物の世話を頼んだことがあるんだよ」

「あら、ありがとう、一郎ちゃんの植物を世話してくださって。私たち、引っ越したらお友達を呼んでお披露目をするつもりなの。どうぞ。あなたさえよかったら、招待するわ。ねえ、一郎ちゃん」

「あ、ああ」

ラフレシアナは、びろびろした縁を光らせて笑い、軽蔑するような哀れむような態度を取った。

私はもう何をしたらいいのかわからなくなり、逃げるようにその場を去った。

家にたどり着いたのは、夕刻だった。

玄関ドアを開けるといつものように、私は棚のアグラオネマ・ホワイトラジャーに、

「ただいま」

と、声をかけた。

長い、不愉快な一日だった。

ラフレシアナの、見下したような素振りが脳裏に甦ってきて、不快が募った。

あの趣味の悪い家具の数々はなんだろう。思い出しただけで、頭が痛くなってくる。ちょっとした小物でさえも、グロテスクな色や形状をしていた。

私の部屋には、必要最低限のものしか置いていない。

仕事机と兼用のダイニングテーブルと、椅子が一脚。翻訳関係の書類や辞書、書籍を入れたシンプルな棚の他にあるものと言えば、観葉植物の育て方の指南書と写真集くらいだ。

私はシャワーを浴びて部屋着に着替えると、如雨露《じょうろ》に水を入れた。

エスキナンサス・ヤフロレピス、アガベ・アテヌアタ、カラディウム、サンデリアーナ・グリーンクィーン、パキポディウム・ラメリー、ヤトロファ・クルカス。

窓辺に並んだ観葉植物たちに、順繰りに水を遣る。

一日のうちの大切な儀式で、どんなにつらく、悲しいことがあっても、この時間があるから、私は気持ちの切り替えができる。

「元気にしてた?」

私は彼らに話しかける。

彼らはうなずいたり、葉や茎を揺らしたりして、必ず私に応えてくれる。もう何年もこうしているから、私には植物の気持ちがわかるのだ。

私はこれから小さな温室を一つ、持とうと思う。

妻が椎茸だったころ

これはたがも。
たがもじゃなくて、たまご。
たがも。
そうじゃなくて、たまご。
たがも。たがも？
こっちは？
あまいの。
あまいの？　こっちは？
みどりの。
みどりのか。じゃ、これは？
かい。
そう、かい。これは？

しいたこ。
しいたけ。
しいたけ。

＊

妻が亡くなったのは七年前の寒い日で、泰平《たいへい》の定年退職の二日後のことだった。昼近くなっても起きてこないので、亭主が会社に行かないでいいとなるとそこまで怠惰《たいだ》になれるものかと軽口を叩きながら寝室に起こしに行くと、妻は心臓の鼓動を止めていた。救急車が運んで行き、死因は、くも膜下出血だと診断された。前夜、気分が優れないと言って先に寝たのを思い出したが、そのまま逝《い》ってしまうなんて思いもしなかった。

嘆く暇もなく葬式を出し、二、三週間がまたたく間に過ぎて、人の出入りも途絶え、一人呆然《ぼうぜん》としていた夜に、都心で一人暮らしをしている娘から電話があった。

「思い出したんだけど、明日は杉山《すぎやま》先生のお教室だったわ。人気があってキャンセルできないからお父さん代わりに行って」

「なんの話だ？」

朦朧とした意識の中で、泰平は訊ねた。

「やだ、知らないの？　お料理教室よ。お母さんが申し込んでたのよ。めちゃくちゃ楽しみにしてたわよ、お母さん。杉山登美子《とみこ》先生のお教室に当たるのって、ドリームジャンボに当たるみたいなもんなのよ。お金も払い込んであるの」

「そういうのは、お前が行ってくれたらいい」

「そうできたらいいんだけど、私は仕事があって無理。お父さん、明日は予定ないでしょう？　気晴らしに行ってきたらいいじゃない」

「料理なんかできない」

「だからいいんじゃない。教えてもらってくればいいのよ。お教室なんだから」

「そういうわけにはいかない。断りの電話をかけるから、連絡先を教えなさい」

「行ったほうがいいんだけどねえ」

娘は電話口で少しイライラした声を出した。

「ねえ、お父さんだって、なんでもこれから自分でやらなきゃならなくなるわけじゃない？　だからその第一歩として」

「連絡先は？」

「お母さんの電話帳にメモしてあると思うけど。だけど、断れないわよ。杉山先生のお教室をキャンセルだなんて、前代未聞よ」

「死んだのに断れない料理教室なんか、あるもんか」

泰平は娘に啖呵《たんか》を切って受話器を置き、几帳面《きちようめん》な妻の電話帳から「杉山登美子料理教室」の電話番号を探し出した。

「杉山登美子料理教室でございます」

電話の向こうの明るい声が言った。

「私、明日、伺う予定の石田美沙子《いしだみさこ》という者の夫で」

そこまで言うと、明るい声は後を引き取るようにして、またうららかな声を出した。

「石田さまでいらっしゃいますね。お嬢様からご連絡いただいておりますよ。明日、お待ちしております」

「え？」

「お嬢様にもお伝えいたしましたが、椎茸《しいたけ》のみ、煮たものをお持ちくださいませ」

「え？」

「椎茸のみ、甘辛く煮てお持ちくださいませね」

「いや、実は先日、妻がくも膜下出血で」

「本当にねえ」

明るい声の主《ぬし》は、深く同情したいという気持ちと早く電話を切らねばという気持ちがせめぎあうような間を置いた。

「もう、どんなにお辛《つら》いか。心より、お悔やみ申し上げます。では明日、一時にお待ち申し上げておりますので。失礼いたします。ごめんくださいませ」

泰平は受話器を手にしたままその場に立っていたが、もう一度「杉山登美子料理教室」に電話する勇気はなかった。かわりに娘に電話した。

「ごめんなさい、お父さん、ちょっといま、友達が来てるの」

周囲をはばかるような声を、娘は出した。

「わかった。すぐ切る。さっき料理教室に電話した。椎茸ってどういうことだ？」

「ああ、そうだった。明日は散らし寿司なのよ。椎茸を甘辛く煮て持っていくの。そうね、五個くらいって言ってたわ。生はダメよ。干したやつを戻して煮るの。ごめんなさい、あとで電話します」

椎茸――？　干したやつを戻して、甘辛く煮る――？

泰平は電話台の横にあった椅子に横向きに座り込み、しばらくその場にじっとしていた。

それから椎茸と料理教室については考えないことにした。書斎に行き、読みかけの本に目を落とした。追う文字はまるで頭に入ってこなかった。それでも彼は何かに挑戦するような面持ちでビジネス書をにらみ続けたが、二時間ほどして、観念して台所に立った。

ちくしょう、見つかる気がないなら煮てもやらないぞ。干し椎茸を探しながら、泰平は独り言を言った。椎茸のために近所のスーパーへ行くなんてごめんだぞ。脅しに屈したのか、椎茸は思いのほか簡単に見つかった。乾物《かんぶつ》がまとめて入れてある引き出しのいちばん手前に、買い置きの袋があったのだ。

小ぶりの干し椎茸が六個入っていた。見た目だけではとても食べ物とは思えない、石くれのような塊を見つめていた泰平は、まず何を思ったか包丁を取り出して、中の一つに刃を振り下ろした。

「うぉお！」

次の瞬間に、彼は包丁を抛《ほう》り出し、うっかり切ってしまった左手のひとさし指の先から噴き出した血を必死で舐《な》め取りながら、その場でどたんばたんと足を踏み鳴らした。件《くだん》の干し椎茸は、俎板《まないた》から勢いをつけて飛び去って流しの縁に当たり、コン、という景気の悪い音を立ててシンクに転がった。泰平は椎茸を恨めし気に見やってから、救急箱を探しに行った。なにはともあれ、切った指に絆創膏《ばんそうこう》を貼ろうと思い立ったのだ。

舐めても舐めても鮮血が滲《にじ》んでくる指に、バンドエイドを貼っていると、なぜ自分が椎茸めがけて包丁を振り下ろしたのかがわからなくなってきた。

散らし寿司、と娘は言った。泰平の知る限り、散らし寿司に入っている椎茸は細かく刻まれて寿司飯にまぶしてあった。だから椎茸はごろんと丸のままではなく、スライスされていなければならないと思ったのだ。しかし、切ってから煮ようと思ったのは間違いだったと、彼も認めざるを得なかった。柔らかく煮てからなら、椎茸を切るなどというたやすい作業に、大の男が手こずらされるはずがない。

泰平は居並ぶ五個の干し椎茸を、心の中で恫喝《どうかつ》した。左手を傷つける結果を招いた一個は、そのまま流しの隅の生ゴミ入れに捨ててやった。

泰平は椎茸を雪平鍋《ゆきひらなべ》に入れた。甘辛く、と娘は言った。料理教室の電話の女も言った。そこに醤油と砂糖を入れた。美沙子が味噌汁を作るのに使っていた鍋だ。そして甘辛く煮ておけば、文句はないだろう。砂糖は甘く、醤油は辛い。誰でも知っていることだ。ままよ——。泰平は鍋を焜炉《こんろ》に載せて火をつけた。

がちがちに干し固まった椎茸が、柔らかく甘辛く煮えるまでには、若干時間もかかろうかと思えたので、彼はキッチンスツールに座り、料理本が並ぶ棚に無造作に置かれていた古びたノートを手に取った。小豆色《あずきいろ》をした布の表紙で、角が少しほつれていた。それは妻が残していたレシピ帳であり、日記帳でも、雑記帳でもあるような代物《しろもの》だった。泰平は妻がそんなものをつけているとは知らなかった。ふと開いたページには、こんなことが書いてあった。

「子供のころ、『スープのスープ』という話を読んだことがある。

物語の主人公はホジャという、ほら話やとんち話の得意なトルコ人で、ある日、友達に焼いたウサギをご馳走《ちそう》したら、それが評判になって友達の友達が家におしかけてきた。そこでホジャは焼いたウサギの残りでスープを作って食べさせるのだが、そのスープもうまかったというので、またその友達の友達の友達が訪ねてくる。ホジャは鍋の底のスープ一滴を注《そそ》いだお椀に湯を足して、『これはスープのスープです』といって、友達の友達の友達に出した。それ以上、誰も訪ねて来なかった。たしか、そんな話だ。

ときどき、スープのスープを出したくなる。お前には食う権利などないのだと言ってやりたくなる。しかし、トルコの人は友達を大切にして、家を訪ねてきた人にご馳走を振舞うのを習慣にしているとも聞くから、この話はもしかしたら、まったく別の話として読むべきなのかもしれない。たとえば、どんなに貧しくとも何か出すべきであるとか。

今日も夫が誰かを連れてくる。夫は私の料理が自慢なのだ。私の料理の腕はいい。けれどそんなことを自慢して何になるのか。

私は昼に、冷蔵庫を整理するために野菜のチャプチェを作った。チャプチェは韓国料理で、春雨《はるさめ》と野菜を使った炒めものだ。ほんの少しでも、豚肉が入るとおいしい。

今日は、タケノコ、黄ニラ、椎茸、人参、モヤシ、キャベツが入った。毎回、入るものが違う。黄ニラだけは、この料理を作るためにこっそり買ったのだ。黄ニラは高い。黄ニラとか香菜《シャンツァイ》とかふくろ茸《だけ》みたいなものは、主婦が一人で食べる昼ごはんの中に入るのは珍しい。思い切って買わなきゃ入らない。でも、黄ニラが入ると炒めものはおいしいし、色味もきれいなのだ。

材料はすべて、モヤシと揃えて細く切る。細切りした豚肉は、塩と酒で下味をつけて、いちばん最初に炒める。みじん切りにしたニンニクを弱い火で温めて香りを出したら、火を全開にして下味ごとジャッと一気にフライパンに入れる。肉の色が変わったら、ぐずぐずしていてはいけない。椎茸、人参、モヤシ、キャベツ、タケノコ、黄ニラを放り込み、湯で戻した春雨――もちろん適当な大きさに切っておかないと始末に負えない――を入れ、水分を飛ばし、中華スープの素《もと》と、柚子《ゆず》入りの出汁《だし》醬油で味つけする。鍋のタレにする、あの出汁醬油だ。もちろん、お砂糖やみりんを使って、甘目に味つけするのが本当だけれど、私は焼きそばや焼きビーフンにちょっと酢をかけるのが好きだから、最初から酸っぱいタレを使ってみたらどうかなと思ったら、案外簡単かつおいしい。でも、家族全員が好きかどうかはわからないから、みんなが集まる食事には出さないメニューだ。

こうして一人で気ままに食べる時間が、私はいちばん好きだ。夫や子供のために料理をするのは、どちらかといえば義務のようで好きじゃない。その上、仕事仲間など連れてこられては、緊張するばかりでまったく楽しくない。それでも、三十年以上もこの生活を続けているのだから、いい加減慣れてしまえばいいのにと思う」

ここまで読んで泰平が顔を上げたのは、書かれた内容に唖然《あぜん》としたからではなくて、醤油と砂糖が焦げ付くにおいが鼻をついたからだった。

「ちくしょうっ！」

慌てて火を止めて蓋を取ると、鍋にはチョコレートのように見える醤油が沸々《ふつふつ》と煮えたぎり、石くれ状の干し椎茸も、真っ黒になっていた。

「あぢい！」

叫ぶより早く、彼はつまみ上げた椎茸の塊をまた鍋に叩き込んだ。切り傷からは免《まぬが》れた右手の指に、赤くうっすらと軽い火傷《やけど》の痕《あと》が残った。

眉間に皺を寄せた泰平は、鍋の中の黒い物体が熱を持たなくなるまで辛抱強く待った。それから一個つまんで前歯に当ててみた。かりっと、嫌な音がした。

甘辛く煮られるはずの椎茸は、苦く、塩辛く、炭めいた味がした。そればかりか、黒い物体は、柔らかさの欠片《かけら》も持ち合わせていなかった。

「はっ」

泰平は誰にともなく侮蔑《ぶべつ》的な音声を発した。

どのみち、明日、馬鹿げた料理教室に出かけていこうなんて気はさらさらなかったのだと、泰平は自分自身に言い訳をした。しかも、椎茸を五個持って。煮た椎茸を五個持っていいそいそ料理教室に出かける六十過ぎの男がどこにいる？

それから妻のレシピ帳を持って書斎に戻り、ビジネス書のかわりにそれを読んだ。所々に愚痴があり、所々にレシピがあり、所々に自慢も書かれていた。

「お父さんは、ずるい」

とか、

「サトには言うんじゃなかった。悔やまれる」

などという愚痴のすぐそばに、レシピのメモがあり、新聞や雑誌の料理記事の切抜きが貼られていた。読みながら泰平は、食べたことがあるものを思い出したりした。

料理を作るのが嫌なら、言ってくれればよかったじゃないか。最初に読んだ箇所が頭にひっかかって、泰平を小さく責め立てた。嫌なら何も、仕事仲間なんか連れてこなくたってよかったんだ。

　人に食べさせるのは苦痛と書いておきながら、

「村田さんがこれをおいしいと言って、レシピを欲しがったので、メールで送った」

などと自慢めいたことも書いてあるから、妻の本気がどこにあったのか、いまではもうわからない。

　頁《ページ》をめくっていたら、「椎茸」という文字が目に入ったので、なにげなく手を止めた。

「椎茸の学名は *Lentinula edodes* といって、この *edodes* が、江戸です、と読めるから日本のものだという話があるけれど、本当はギリシャ語の *εδωδιμος* であり、〈食べられる〉という意味なのだそうだ。

　ギリシャ文字の丸々したところは、なんとなくかわいい。とくに、ο に尻尾《しっぽ》が生えた、おたまじゃくしみたいなのが二つ入っているところが好きだ。おたまじゃくしに見えるだけじゃなくて、それじたいがキノコのようにも見える。逆立ちしたキノコ。キノコが二つ並んでいるのはとてもかわいい。一つだけでは、あまり魅力的に思えない。

キノコといえば、子供のころに読んだ『キノコとキノコ』という話を思い出す。キノコという名前の女の子が森に迷い込んで、自分そっくりのキノコと出会う話だ。

もしかしたらこの話を読んだから、キノコは二つ並べたほうがかわいいと思うようになったのかもしれないし、それとはまったく関係ないのかもしれない。

そのキノコは茶色のおかっぱをしていて、赤いリボンをつけていたけれど、私は、あれは椎茸だったと思っている。

椎茸が二つ並んでいる姿はとてもかわいい。もし、私が過去にタイムスリップして、どこかの時代にいけるなら、私は私が椎茸だったころに戻りたいと思う」

自分の妻が、過去に椎茸だったことがあったかについて、泰平は思いをめぐらすことをしなかった。そういった類の想像力を、持ち合わせてはいなかったのだ。自分が犬だったり猫だったり、前世で弘法大師《こうぼうだいし》だったりローマの大司教だったりするというような。

小腹が空《す》いてきた泰平は台所へ取って返して「湯をかければ食べられる素麺《そうめん》」を食べた。原理としてはインスタントのチキンラーメンとまったく同じで、湯をかけて蓋をして三分待てば食べられる麵だったが、袋に「料亭〇〇の味」と達筆で書いてあって、実際、名のある料亭で開発されたものらしい。

「これなら食べても惨《みじ》めな気持ちにならないと思って」

そういって、娘が置いていったのだ。

「毎日食事を作りに来るわけにはいかないから」

多めに入れた湯で腹を膨らまし、風呂に入って、布団に入った。とくにすることもなかったから、早く寝るのがいちばんだった。

翌日目が覚めると、なんだかいい匂いがした。

まるで妻が煮物でも作っているようだった。妻ではなくとも、たとえば娘が来て何か作っているのかもしれない。淡い期待か夢のようなものに突き動かされて、泰平は寝室を出て匂いのするほうへ向かった。

台所のガス台の上に、昨日置きっぱなしにした雪平鍋があり、こげ茶の液体の中に黒い丸いものが五個浮かんでいた。

泰平は椎茸を摘《つま》み上げた。驚いたことに、その丸い物体は昨日とうってかわって柔らかい。干したやつを戻して煮るの——。娘の言葉が脳裏に甦《よみがえ》った。

「おまえたち、戻ったのか！」

独り言が口をついて出た。

昨日間違っていたのは、「戻す」というステップを完全に忘却していたことだった。乾物は液体につけて「戻し」、しかるのちに「煮る」という二段階を経て食用可能になる。醤油と砂糖で焦げ付いた鍋に水を入れ、一晩抛っておくという暴挙は、期せずして椎茸を「戻し」、あの石くれか泥団子のように見えた姿から、ふっくらしたキノコ本来の見てくれに変えていたのだった。しかもどことなく食欲を呼ぶ香りも放って。

泰平は誘惑に駆られて、椎茸の端を齧《かじ》ってみた。こりっとした歯ざわりを残しながらも、椎茸は甘辛いタレを含みしっとりと柔らかい。その上、噛んだそばから椎茸本来の旨味《うまみ》が染み出してきて、もはや「うまい」と言っても過言ではなかった。

泰平は鍋を凝視した。

そして椎茸をいったん取り出して、石突《いしづき》を切り、薄くスライスしてみた。もちろん、昨日あれほど頑固に包丁を拒んだ物体は、驚くほど簡単に切れてしまった。椎茸が浸っていた液体はうす甘辛く、これが少し煮詰まるといわゆる椎茸の旨煮ができそうな気がした。気をよくした泰平はそれらをまた鍋に戻して、今度は焦がさないように弱火にかけた。たしかにほんのりと焦げた苦味を漂わせなくもなかったが、椎茸の出汁と調味料の味がそれを都合よく消していて、熱が入るとなんともいい匂いを台所に充満させた。

椎茸がつややかに煮あがったとき、泰平はなんのためらいもなく外出を決めた。

ここまで美しく煮えた椎茸を、誰かに見せたくなったのだ。しかも妻が逝ってからというもの、法事の膳《ぜん》以外はまともなものを口にしていなかった。散らし寿司は泰平の好物でもあったのだった。

泰平は杉山登美子料理教室の住所を確認して家を出た。

杉山登美子料理教室は、代々木《よよぎ》上原《うえはら》の瀟洒《しょうしゃ》な住宅街にあった。

細い坂道を上りきった丘の上のお邸《やしき》の呼び鈴を押すと、小柄な女性が出てきて迎えてくれたが、杉山登美子本人はなかなか現れず、タッパーに椎茸の旨煮を入れてきた泰平は、ぴかぴかしたオープンキッチンに置かれたパイプ椅子に腰掛けて待つことになった。

調理台の上には、小さなバットや小皿にそれぞれ、人参、刻み穴子、菜の花、桜でんぶ、切りゴマが入って並んでいた。それからごろごろした蛤《はまぐり》、卵、砂糖、塩、酢の類。清潔な布巾《ふきん》と菜箸《さいばし》、しゃもじ、そんなものが整然と置かれてもいる。

「お待たせしまして」

杉山登美子女史は、長い髪を纏《まと》め上げて大きな髪留めをつけ、ふっくりした体に細かい花模様のワンピースを着て、白いさっぱりしたエプロンをつけていた。

「個人レッスンですのよ」

おどおどしている泰平に杉山女史は笑いかけた。キッチンには、あいかわらず二人しかいなかった。

「椎茸はお持ちになって？」

耳元で女の声が響いた。椎茸――。持ってきたタッパーを出そうとして、急に泰平は恥ずかしくなり、躊躇《ちゅうちょ》の表情を浮かべたが、女史はにっこりして手を伸ばし、おずおずと差し出す泰平の手から煮上がった椎茸を取り上げた。

「いつも何か一つ、作ってきていただくことにしてますの。だってね、散らし寿司のいいところはね、いろんなお味が混じるところなの。一つ一つ別々に下ごしらえしなくてはなりませんでしょう？　かんぴょうと椎茸と人参を一緒に煮るわけにはいかない。一つ一つ別に作るからそれぞれのお味が引き立つのね。それを酢飯に絡めていくの。そうするとお酢が上手にそれぞれの個性をまとめていくのね。個性は強ければ強いほどおもしろいの。だから、一人で下ごしらえするよりも、他の人の作ったものが入るほうがおもしろいの。散らし寿司のおもしろさが引き立つの。あら、いい椎茸」

女史は泰平の持ってきたタッパーの蓋を取って言った。

「今日のお寿司もおいしくなりそう」

それから彼女は白米を磨《と》いで出汁昆布《こんぶ》といっしょに炊飯器に入れ、酢に砂糖と塩を加えて火にかけて寿司酢を作った。その配合やら火加減のこつやらをレクチャーしていたが、泰平の耳には入ってこなかった。ただ、それを取ってこっちに渡せとかいうのに、機械的に従っていただけだった。

「煮蛤のポイントは」

と、彼女は大きな蛤を二つ鍋に入れて酒をふりかける。

「こうして酒蒸《さかむ》ししたものを、いったん取り出しておいて、エキスの出た鍋に醤油と砂糖とみりんで甘辛の汁を煮詰めて、一晩漬け込むこと。こちらに、出来上がったものがあります。次に錦糸卵《きんしたまご》を一緒に作りましょう」

二人は無言で卵をかき混ぜ、砂糖とほんの少しの塩を入れ、熱くしたフライパンに卵液を落として、薄焼き卵を焼いた。二人で並んで、杉山女史の動作を端から真似るようにして泰平も卵を焼いた。菜箸の先で薄い紙のような円形の焼き卵をひっくり返すときは、さすがに大変緊張した。薄焼き卵を錦糸に切るとき、女史は泰平の左ひとさし指のバンドエイドを見咎《みとが》めて、理由を聞き出して笑った。

白米がふっくらと炊き上がり、二人は酢飯作製に入った。飯台に炊き立ての白米をあけ、寿司酢をかけてしゃもじで混ぜる杉山女史の脇で、大きな団扇《うちわ》で飯を煽《あお》ぐのが泰平の役目だ。それから刻んだかんぴょうと人参、刻み穴子が同じ要領で飯に混ぜられていった。泰平の煮た椎茸の半分も細かく刻んで混ぜ込まれた。

「半分は飾りにいたします」

杉山女史はきっぱり言った。

「妻が、来る予定でした」

団扇を動かしながら、泰平はなぜだかそう告白した。

「受けつけの者に、聞きました。急に亡くなられたんでしたか」

杉山女史も手を止めずに答えた。

「くも膜下出血というものでした。とても、なんといいますか、急でした」

「お年はいくつだったのですか？」

「五つ下なので、五十五です」

「おいたわしいことです。お悔やみ申し上げます」

「妻は、椎茸だったことがあるそうです」

唐突に口をついて出た言葉に、泰平自身も驚いた。なぜ自分がそんなことを言うのか、わからなかった。昨晩読んだ、妻のレシピ帳に書いてあったのだ。もし、私が過去にタイムスリップして、どこかの時代にいけるなら、私は私が椎茸だったころに戻りたいと思う、と。読んだときは、そのまま読み飛ばしたが、ふと考えてみると異常な感じがした。

死んだ妻はひょっとして、頭がおかしかったのではないか。

「人は誰でもそうです」

落ち着き払って、杉山女史はさくさくと酢飯に具を混ぜていった。

「誰でも？」

泰平は団扇を止めて、目を上げた。

「料理とはそういうものです」

そう言っておいて、女史は太陽のように笑い、

「さあ、盛りつけですよ」

と嬉しそうに朱塗りの箱を二つ取り出した。漆の四角い器に、甘辛い煮汁で少し色のついた寿司飯がちょうど半分に分けられて、それぞれに敷き詰められた。

「人は料理のことがよくわかっていないのです。料理をしない人には、料理のことがよくわからないのです。奥様はお料理をよくなさった方でしたのね」

女史と泰平は、隣に並ぶ形になった。後は盛りつけなので、用意した具材を好きなように載せていけばいいのだが、

「まずはこちら」

と女史は言って、均《なら》した寿司飯の上に、きれいな黄色をした錦糸卵をふわふわと万《まん》遍《べん》なく載せていった。泰平もそれにならって、細く切った薄焼き卵をちりばめる。

「私はいまたとえば、この卵が親鳥のおなかにあったときのことを考えているのです。ちなみにこの卵は有精卵です。大山《だいせん》のふもとで生まれましたの。卵を手に取りますとね、殻を通して記憶が伝わってきますの」

「殻を通して記憶が？」

「ええ。私が大山で鶏のおなかにおりましたときの記憶が、甦ってまいりますの」

「え？」

「そうした意味で、私にとりましてもっとも美しい思い出はやはり、ジュンサイだったときの記憶ですね」

「ジュンサイだったとき？」

女史は次々と調理台の上の具材を取り上げては、明るい黄色をした錦糸卵の上に載せていった。

「あれはまだ私が娘の時分でございました」

杉山女史は目を細め、遠い昔を思い出すように顎《あご》を上げた。

それから一瞬盛りつけの手を止めて、清水《しみず》と陽の光を潤沢《じゅんたく》に浴びながら、日がな一日ふるふる揺れていた、芽を出したばかりのジュンサイだったころのことを語り始めた。

「沼は人里からは少し離れておりまして、冬の間は薄氷がかかるのですが、雪解けとともに水ぬるむ春が訪れて、そうなりますともともと開けて日当たりのいい場所ですから、私たちはむくむくと体の奥から生命の力が満ちてくるのを感じます。すでに葉は大きく沼にたゆたっておりまして、少し大きな欠伸《あくび》をするような気持ちで体を伸ばしますと、沼の向こうに楢《なら》の木が二本伸びて立っているのが見えました。とにかく水のきれいな沼ですから、朝陽が上るともう空の様子を逐一《ちくいち》鏡のように映し出します。ですから、葉と葉の間は水色の空と白い雲を映して、風が吹けば私たちは空とともに陽光を浴びて揺れるのです。暖かい日が続くと、さすがに待ちきれなくなって、私たちのほうでもどうにか小さな花をつけるのが夏の初めくらいです。それは睡蓮《すいれん》などにくらべたら地味な花ですけれど、あれがふっくらと蕾《つぼみ》を膨らませて、朝、ほこりと開くときの、えもいわれぬ艶《あで》やかで誇らしい感じは、なかなか忘れられるものではありません。花の季節が終わると、とうとう新芽が出てまいりますが、自分の体がこう、つるっつるっと分裂していく。あのなにげないようで相当に強い、寒天質の粘液に護《まも》られて、ぷるるるんと澄んだ水の中に生まれ出るときの感覚は、そうですねえ、年甲斐《としがい》もなく妙な言葉を使うようですが、恍惚《こうこつ》、といったものに近かったと思います。ただ、水の表面でたゆたう、たゆたう日々。あれが私の人生で最も幸福な瞬間でした」

そう語る間に、杉山女史の手は小さなバットや小皿と漆の器を行ったり来たりして、散らし寿司をおいしそうに彩っていった。

「お好きなように載せてみてくださいね」

女史は桜でんぶを散らし、酢バスと椎茸を載せた。

「ルールや法則があるわけではありませんから」

泰平はうなずいて不器用に小皿を取り上げ、煮蛤と菜の花を置いた。

「まあ、なんてきれい」

できあがったものを見て、杉山女史は満足げに溜《た》め息をついた。料理教室は終了のようだった。

漆塗りの箱に自分で詰めた散らし寿司を、泰平は持たされた。

「また、お会いできますか？」

と、泰平は帰りぎわに訊ねたが、杉山女史は一瞬考えてから答えた。

「お教室は予約がいっぱいなので、一度受講されたかたの再受講はご遠慮いただいております。お料理は一期一会ですから。ただ」

女史は少しだけ間を置いて、

「もしかしたら、またいずれ、どこかでお目にかかるかもしれませんね」

にっこりと笑って泰平を送り出した。


泰平はその日、酒を呑みながら一人で散らし寿司を食べた。なんだかひどく、旨いような気がした。

そしてほかにすることもなかったから、台所の隅の料理本が並ぶ棚の中から、昨日見つけた妻のレシピ帳によく似たノートを、ほかに二冊見つけ出した。

全部で三冊。驚くほど昔のものは見当たらなかったが、十年ほど前のものは見つかった。もしかしたら、娘が家を出て、二人暮らしになったころから、書き始めたのかもしれない。

そもそもの初めから、ノートはレシピだったり、愚痴だったり、自慢だったりした。食べたことのあるものと、ないものがあったが、むしろ食べたことのないものに興味が湧いた。そこに、泰平の知らない妻がいるような気がしたからだ。生きていた頃に知っておけばよかった妻、でももう知ることのできない妻、妻自身が秘密にしておきたかった妻、それらがゆっくりと立ち上がる気がした。

翌日から泰平は台所に立つようになった。

妻がノートに書いていた料理を、片っ端から作ってみることにしたのだ。

旨いものもあり、なんだかぴんと来ないものもあった。そのうち、いまひとつはっきりしない味に、あれこれ調味料を足してみることも覚え、妻のノートに自分でも書き込みをした。だからいまでは、このぼろぼろのノートなしに、何かを作ろうとは思わない。

七年というのは、あっという間であり、かつ、振り返ろうとするとずいぶんいろいろなことが起こっている長さの時間でもある。

杉山登美子料理教室はあいかわらずの隆盛で、テレビや雑誌には常に彼女の名前が躍っている。

泰平の娘のサトは、あのころ頻繁に自宅マンションに泊まりに来ていた男と結婚して孫のイトを産んだ。そうしておいて、サトは二年前に離婚して、イトと二人で都心のマンションに暮らしている。孫のイトは、今年四歳になる。

小さい子供を抱えて離婚してしまった娘は、さすがに心細いのだろう。あるいは、どうしても人手が必要だったのだろう。泰平はよく呼び出されて、娘と孫の暮らすマンションに出かけていくし、娘たちも意外によく訪ねてくる。妻が生きていれば、妻がしたに違いないいろいろなことを、泰平は孫のためにいくつもやった。料理が作れなかったら、それでもできることはもっと少なかっただろう。

呼び鈴が鳴り、泰平がドアを開けると、イトを連れたサトが立っていた。

「おじいちゃん！」

と叫んで、孫娘が駆け込んできた。

雛祭《ひなまつ》り前の日曜日だから、娘と孫が食事にやってきたのだ。

「散らし寿司は、おじいちゃんのが、いちばんおいしい」

娘のサトも、本気かお世辞か、そう言って、毎年三月には必ず散らし寿司をねだる。

テーブルの上に用意した漆の器を前にすると、娘と孫は同時に嬉しそうな歓声を上げた。

錦糸卵を小さい指で摘み上げようとする孫のイトに泰平は訊ねる。

「これはなに？」

「これはたがも」

「こっちは？」

「しいたこ」

孫のイトは、卵をたがも、椎茸をしいたことという癖がまだ直らないが、それでもずいぶん大きくなった。

長いこと食事を作っているうちに、泰平も、料理についてだんだんわかってきたことがあった。

いまでは、泰平は自分が椎茸だったころのことを思い出すことができる。

櫟《くぬぎ》の原木の上に静かに座って、通り抜ける風を頬《ほお》に感じている姿を思い浮かべる。

記憶によれば、一本ではなく、もう一本、寄り添って揺れる椎茸がいる。

蔵篠猿宿パラサイト

いっしょに旅行しようともちかけたのはハンミだったが、行き先を蔵篠温泉《くらしの》に決めたのは由香《ゆか》だった。

卒業式を終えたら韓国に帰る留学生のハンミと、Uターン就職が決まっている由香にとっては、卒業旅行であり、東京生活最後の思い出づくりでもある。とはいえ急な日程だったし、お金もあまりなかったし、とにかく近場で温泉があるところをとネットで探すと、「蔵篠温泉」がヒットした。二人ともその日はアルバイトがあって、出るのが夕方になるはずだったから、東京から一時間ほどという距離は魅力だった。宿はリーズナブルだけれども比較的きれいで泉質《せんしつ》もいいと、口コミサイトに書いてあったので予約をした。

「蔵篠温泉ってどんなとこ?」

日本語学校で過ごした二年と大学生活四年をあわせた六年間の日本滞在で、ほとんどネイティブ並みの日本語を操るようになったハンミに訊かれても、由香は答えようがない。

「小田原とか箱根とかあっちのほう。お湯は透明で万病に効くって」

「ふうん」

ハンミもそれ以上つっこみもせずに、二人は仲良くJRに乗って出かけた。実際のところ、別に場所などどこでもよかった。話すことはたくさんあったし、観光が目的でもなかったからだ。

目的地近くのローカル駅までは、たしかに小一時間ほどで到着したけれど、着いた頃にはあたりはもう真っ暗で、「蔵篠温泉」まで行くバスが四十分待たないと来ないと知って心細くなった二人はタクシーを拾った。

「蔵篠温泉へ行くの？」

タクシーの運転手はミラー越しに笑いかけながら言った。

「『猿《さる》の宿』？　あすこはお湯がいいんだよね」

そのあと運転手はすっかりリラックスして、ここいらの温泉は軒並《のきな》み行ってみたからどこがいいかはよく知っているとか、蔵篠温泉なんて若いのに目のつけどころがいいとか、どこそこの温泉は泉質はいいが女将《おかみ》の経営方針ががめつくていけないとか、聞いてもいないことを山ほどしゃべった。

「明日はなにをするの？」

とうとう話すことがなくなった運転手はそう質問をする。

「まだ決めてないんですけど、箱根あたりに行こうかなって」

「あら、もったいない。蔵篠は見ないのかい」

「それもなんにも決めてないんです。どっかおすすめがあるんですか？」

「あるよお。蔵篠の鍾乳洞を見ないなんてもったいないよ」

「ショーニュードー？」

ハンミが訊ね、

「ほら、洞窟の中に岩が垂れ下がってるやつだよ」

由香が答える。

「あんたがた、トム・ソーヤーっていうの、読んだことある？」

運転手が話にのめりこんで振り向きそうになったので、由香は急いで、

「読んだことないけどアニメの再放送で見たことならある」

と答えた。

「おじさんも読んだことないんだけどさ、トム・ソーヤーっていうのに出てくる鍾乳洞と同じ形なんだって。トム・ソーヤーがそこで死体を発見するんだかなんだか、広い鍾乳洞があるらしいんだ、アメリカの、おじさん行ったことないとこに。前にアメリカの人をおじさん、乗せたことあるのよ。わざわざ蔵篠の鍾乳洞を見に来たんだっていうんだから。なんでかっていうと、トム・ソーヤーよ。こうねえ、お嬢さんたち、鍾乳洞というと、あんたも言ったように垂れ下がっていると思うだろう、石が。つららみたいに。そうじゃあ、ないんだ。蔵篠にある鍾乳洞はね、こう」

言うなり運転手は両手をハンドルから離して、ラジオ体操か指揮でもするかのように大きく広げてみせる。

「ちょっと、危ないですよ、運転手さん」

「だいじょうぶ。一本道だから。――こう、すーっと平らな板が積み重なるみたいになってんだ。上から降ってるんじゃなくて、横からせり出してくる感じだな。ちょっとしゃれたテーブルみたいな感じのが、大きいのや小さいのや、いくつもあるんだわ。なにしろ、アメリカからほれ、見に来るほどのだから」

「見たーい」

と二人は声を合わせ、運転手はますます調子に乗った。

「そこはあんた、入れるけれども、いろいろほら、伝説があるんだから」

「聞きたーい」

どうせしゃべるに決まっているからと、女子大生二人は声を合わせる。

「だけどあんたたち、聞くと怖くて入れなくなるよ、鍾乳洞に」

「昼間入っても怖いんですかあ?」

「いや、わからねえけども」

「鍾乳洞にはガイドさんとかいないんですかあ?」

「いや、いるけども」

「じゃあ、平気」

「でも、行ったらガイドさんから同じ話聞くと思わない?」

「そりゃそうかもしんねえな。ガイドさんはそれが仕事だからよ」

「じゃあ、いま聞かないで、明日鍾乳洞で聞く」

「そうかい?」

タクシーの運転手はちょっとつまらなそうに肩を落とした。

「さわりだけでもよ」

「触る？」

　とハンミが言い、

「ちょっとだけってこと」

　と由香が解説する。

「まあいいや。もうここが『猿の宿』だよ。おじさんがヒント一つだけ言うと、猿が関係してくる。鍾乳洞と猿は切っても切れねえわけよ。じゃあ、ゆっくりして行ってください」

　おじさんは笑顔でタクシー代を受け取り、二人はひなびた和風旅館の建物の前に立った。

　案内されたのは二階で、値段に比して驚くほど広く、たった二人の泊り客なのに八畳が二間も続いていた。

「お風呂はどうなさいますか？　お越しのお時間が遅うございましたので、あと三十分でお食事の最終時間帯となりますが」

きびきびした中年の仲居さんが言った。お腹が空いているのですぐに食事にしたいと、座卓でお茶を飲みながら二人は言った。

「それではお布団はお食事の後、お風呂に行かれている間に敷かせていただきますが、通常あちらの」

仲居さんは言葉を切って次の間を指し、

「八畳間にお敷きしておりますが本日は少し三階の」

こんどは掌《てのひら》を上に向けて押し上げ、

「音が気になるようでしたら、こちらへお敷きいたしますがどういたしますか？」

と結んだ。

二人はしばらく斜め上を睨み、顔を見合わせたが、

「気になったら自分でこっちに引っ張ってきます」

と由香が結論を出した。その時点では、そうにぎやかな声も聞こえなかった。

それから二人は次々と運ばれてくる夕餉《ゆうげ》の皿に歓声を上げ、地物の鯵《あじ》のたたきや金目鯛《きんめだい》の煮付けや有機野菜のてんぷらに舌鼓を打って、二人で分けた一本の瓶ビールでほろ酔い機嫌にもなった。

　そしてふとタクシーの運転手の言葉など思いだし、皿を出したり下げたり忙しい仲居さんに質問を始めた。

「宿の名前はこのあたりの地名からになりますね。サルシュク、というのが昔からの村の名前で、都会からいらっしゃる方はサルジュクと濁って発音される方も多いですけれども、わたしどもの地名はサルシュクでございます」

　なんども説明しているのだろう、仲居さんはすらすらと、皿を下げる動作もよどみなく解説をする。

「猿宿の名前の由来は、ニホンザルが近くに生息していたからと言われておりますが、現在では見られません。鍾乳洞に猿が棲《す》んでいたという話もありまして、鍾乳洞には行かれましたか？」

「いいえ。明日行ってみようかと」

「それでしたら鍾乳洞で猿の話を聞かれると思います」

「タクシーの運転手さんもそう言ってました」

「『猿の宿』にもお猿さん、おりますのでね。お風呂でゆっくりお会いになってください」

「え？　お風呂にお猿さんが？」

「おりますんですよ。最初にご説明した大浴場と家族風呂と、奥にお一人用の立ち風呂がございます。そちらにお猿さんがおりますのでね」

「本物の？」

ほほほ、と仲居さんは笑った。

「ちょっとおもしろいんでございますよ、『猿の宿』のお猿さんは」

それきり説明をしないで、仲居さんは料理を片づけてしまった。

お腹がいっぱいになり、アルコールが抜けるのもそこそこに、二人は大浴場へ出かけて行った。なにより風呂に入るのが目的だったから、貸切同然の女風呂をハンミと由香は満喫した。湯はたしかに透明で微《かす》かに硫黄《いおう》の匂いがし、柔らかくてなめらかに肌にまとわりつくようだった。

恋愛ネタから就職のこと、共通の友達の噂話――。話題はつきなかったので、二人は火照《ほて》った体を冷やすために湯から出たり、また冷えてきたのを感じて湯にもぐったりを繰り返し、すっかり湯あたりした由香は部屋に戻ると言い、ハンミは一人用の「立ち風呂」なるものに行ってくると言って別れた。

由香は少しふらつきながら一人で部屋に戻った。途中、廊下に置いてあった自動販売機でサイダーを一本買った。戻るとすでに布団を敷いた部屋に豆電球がついていて、由香は冷蔵庫にサイダーを入れると、布団のある部屋に行ってごろりと転がった。ハンミが帰って来たら起きてサイダーを飲みながらゆっくり話すつもりだった。

転がっていると、上の部屋の物音が気になりだした。

ひょっとして三階にある上の部屋では、誰かがマージャンをしているのかもしれないと由香は思った。牌《パイ》をかき混ぜるような、あるいは貝でもこすりあわせるような、碁石《ごいし》をかき集めているような、数珠《じゅず》を揉《も》むような音がした。

それからこつこつと何かを叩くような音も混じった。酔客の声などは聞こえなかった。

「三階の音が気になるようでしたら」

と、あのきびきびした仲居さんが言ったのを思い出した。それはこの、石をかき回すような音のことだったろうか。

一人で天井を見上げていると音が頭を離れなくなった。いつまでも止まないし、ときどきわざとぶつけ合わせるようにも聞こえ、なにをしているのかと不安になってきた。これで誰かが何かしゃべったり、歌ったりする声でも聞こえればまだ想像がつくのに、お経を読むのでもなくただじゃりじゃりと妙な音がするのは、気づくと不快でもある。

ハンミは立ち風呂に行ったまま戻ってこなかった。

由香は起き上がり、隣の部屋に移動してテレビをつけたがちっとも楽しめなかった。それに仲居さんの話ではこちらの部屋に来れば音がしなくなるような様子だったけれども、移ってきても耳を澄ませばあのじゃりじゃりした音が聞こえた。

耳など澄まさなければいいのだが、人間、気になってくると自然に聞こえてきてしまうのである。

ほんの少しだけ、たとえば三階に上って行って、あの部屋の脇を歩いてみたらどうだろう、と由香は考えた。もっと音が聞こえるのか、音と一緒に人の声も聞こえるのか、だとしたらどんなことを言っているのか。

部屋の鍵は由香が持っていたので、閉めて出てしまうとハンミが戻れなくなる可能性があったが、どのみちそんなに長い時間三階にいるわけじゃないし、あけたままでもいいかと自分を説得して由香は羽織を丹前《たんぜん》に着替える。湯冷めしては困るからだ。

しかも、どこかでこの三階行きは長くなりそうだという妙な予感に促されて由香はメモを書く。

――ハンミへ　三階がうるさいので文句言ってきます。よかったら応援に来てね♡
由香より

あのじゃらじゃらした音にはどこか中毒性がありそうだ、と古びた階段を上りながら由香は思った。階段はときどきキィィっときしむ音を立てた。

ちょうど真上の部屋の前で、もちろん由香は立ち止まった。ありえないほど大きな音であの音は響いていて、小さいぶつぶつ言う声が聞こえ始めた。

「ああ、いやんなっちゃう、あれどこ行った？　イシカイへの報告ができないぞ。よりによってあれが見当たらなくなるなんて。なんてこったい。イシカイの連中に言い訳できないじゃないか。今年はあれのことだけ話すつもりなんだから。ああ困ったな。ありえないんだ、あいつがどこかへ行ってしまうなんて。この部屋にあるはずだ。この部屋にあるはずだ。どこにも行ってないんだからね」

そう間断なくつぶやく声の背後にも、じゃらじゃらこつこつと硬くて小さいものがぶつかる音は聞こえ続けた。

なんだか知らないけど失くしものをしたようだ、と由香は想像した。

でも、だからってちょっとうるさくないかしら。たとえばここで私が小さく咳払いなんかすれば、この宿には他人もいるってことに気づいてくれて、妙な音を立てるのを止めてくれるんじゃないかしら。

この方法が頭に浮かんだ後も、由香はしばらく逡巡《しゅんじゅん》して冷え込む廊下に立ちつくしたが、古い窓のゆがんだガラスの隙間から冷たい風が入り込んでくるのを確認したのち、意を決して二回ほど咳払いをしてみた。

「なんですか！」

二回目の咳払いが終わるか終わらないかのうちにがたがたと引き戸が開き、由香と同じ丹前に身を包んだ若い男が顔を出した。

「下の階のものですが」

少し静かにしていただけませんかと言おうとした由香は、中を覗きこんで思わず、

「これはなんですか？」

と質問する羽目になった。

「見ればわかるでしょう、石ですよ」

「そうですけど、なんで石を部屋中に敷き詰めてるんですか？」

「ここは私の部屋ですからね。石を敷こうとどうしようと、他人にどうこう言われる筋合いのものじゃないですよ。それより、あなた、いいところに来た。私の石をどこかで見ませんでしたか？」

「ええ、見てます、いまここで」

「え？　どこどこ？」

「どこって、そこですよ」

「え？　ここにある？　やっぱり？」

男はすこぶる変な反応をすると、由香を無視して部屋に戻り、どこどこと言いながら石の中に分け入って行って、またじゃらじゃらこつこつ音を立て始めた。

「どこ？　ちょっとどこだとはっきり言ってみてくれる？」

男は石のど真ん中に胡坐《あぐら》を組んで座り、石を見つめたまま眼鏡に手を当てた。

「由香、どうしたの？」

風呂から上がったハンミが階段を上ってくる。

うるさいですよと文句を言いに来たはずの由香たちは、男の指図に従って石を探す羽目になった。

「こう、色は白っぽい灰色で丸みがあって、一見すると粘土の多い泥岩《でいがん》かなと思われるほどきめ細かいんだけれどもルーペで見るとわずかに石英《せきえい》のつぶが見られる火成岩《かせいがん》の流紋岩《りゅうもんがん》」

「わかりません、そんなことを言われても」

「これですかしら」

「それは安山岩《あんざんがん》です」

「安産のお守りにするんですか？」

「安山岩と安産は関係ありません」

「これは」

「それは砂岩《さがん》です」

「フランスの作家みたいな名前ね」

「じゃ、これ？」

「それは火山礫凝灰岩《かざんれきぎょうかいがん》じゃないですか」

「だって、灰色っていうから」

「灰色っていえばみんな灰色よね」

「みんなって、あなたがた、色の区別がつかないんですか」

「こんな感じ？」

「それはチャートです！　よりによって、チャートと間違えるなんて、最近の小学校じゃ、石の種類を教えていないんだろうか」

「習いません」

「私も習ったことない」

「あ、あった！」

　男は部屋に敷き詰められた無数の石の中から、五百円玉大の石を拾いあげ、いとおしそうに撫《な》でる。

「あったって、こんなすごい数の石の中から、それが探してた一個だってなんでわかるんですか？　それ、どこか特別なんですか？」

「もちろんです。石は全部特別です。どれ一つとして同じ石なんてない。一つの石が割れて二つになっていたとしても、形が驚くほど違うんだ！」

「そりゃ違うと思うけど」

「同じだったら笑うよね」

「笑わない。それこそ石の奇跡の一つでしょう、二つに割れて、形がそっくりだったら！　あなたがたは石に対するリスペクトがない」

そういえば河原で石を拾って売る男の話があったなと、由香は思い出した。竹中直《たけなかなお》人《と》が映画でもやってた。たしか原作が漫画で。

「思い出した、『無能の人』だ」

「ああ、それ見たことある。漫画も読んだよ」

ハンミも相槌を打ったが、男はにこりともしなかった。

「売るなんてとんでもない。イシカイで発表するために集めているんです。売ろうと思っているわけじゃあないんだ」

「イシカイ？」

「医師会？」

「お医者さん？」

「ただの石好き同好会ですよ」

男は部屋中に転がった石をじゃらじゃら音をさせながら集めて、大きなナイロン製の黒いバッグに詰め始めた。

「手伝いましょうか？」

「だめ。入れ方にルールがあるから」

そういう男の手は無造作にそこらの石を拾っては投げ入れているように見えて、由香とハンミは目を見合わせた。

「石は地球の誕生と共に存在するものですからね。そこから得られるパワーは計《はか》り知れません。石は常に人にインスピレーションを与えてきました。石に魅入られた人間の話もいくらでもあります。バジョーフの『石の花』ね。ウラル山脈の孔雀《くじゃく》石の虜《とりこ》になった石工《いしく》の話です。ただね、石の花で魂を抜かれるダニーロより、私は山の女王が流したエメラルドの涙を握って死ぬスチェパーンのほうが好きなんです。秘めた思いを持ちながら、家族との生活をまっとうして死ぬんだけれども、片時も離さずにエメラルドの涙を、こう握って。あれは大人の恋です。ホフマンの柘榴《ざくろ》石もありますね。『ファルーン鉱山』。柘榴石に魅せられたエーリスは結婚式当日に石を掘りに行って落盤事故で死んでしまう。死体が見つかるのは五十年後。正直、許嫁《いいなずけ》のウラが老女になって現れる場面にはすごみがあります。そうそう石の魅力に取り憑かれた男を待つ女というテーマも、『石の花』と『ファルーン鉱山』は共通していますね。石は、石に憑かれた人間も、その周囲の人間の運命も変えてしまう。フィクションだと思っているかもしれないけれども、石のために命を落とす話はフェルスマンの鉱物エッセイにも書かれています。パワーストーンなんていって、身に着けたりなんかしている人も多いけど、石はただのお守りみたいなもんじゃないんです。ええもちろん、いくつもの石が精神を安定させたり病気を軽くしたりしてくれますけれどもね。癒す石、殺す石、人に恋をする石、恋される石、人を食う石、人に食われる石。石には地球上で行われるありとあらゆる体験が詰まっているんです」

男は誰にともなく、ぶつぶつつぶやいた。

ハンミは由香に何か言おうとしたが、男のつぶやきはそれを制して続いた。

「そしてね、宝石のようなものでないと、価値ある石でもなければ物語になる石でもないと考えるのは誤りです。王様や貴族だけが人類を構成するわけじゃないでしょう。河原の石、海辺の石、路傍《ろぼう》の石、山肌の石、すべての石に個性があるのです。私はそうした石を値段の高い石と区別する気持ちがわかりません。今日はたまたま近くの海辺で拾えた石を持って歩いているのですが、これらの石に出会えて私は幸福ですよ。あなたがたが少しでもその幸福に気づいてくれるといいんだが。その、つまり、石と共に生きる幸福をね」

どうやら男は小石を仕舞い終わり、もう音をさせることもないように見受けられた。

「石と共に生きる幸福？」

由香はぼんやりと繰り返し、男の顔を眺めた。男も由香を見返した。

「ええ。でもさっきも言ったように、石に憑かれた人間は、まずその運命を変えられてしまいます。そして石に憑かれた人間に恋をした人間も、運命を変えられてしまいます。それを幸福と呼べるかどうかは、与えられた運命にもよりますね」

男と由香は三秒ほど視線を交差させた。

そのあと由香がうつむくのをハンミは目撃した。

男の話はわかりやすいとは言えなかったが、どうやらそこでおしまいのようだった。そこで由香とハンミは引き戸を閉め、スリッパをばたばた言わせながら自室に戻った。

「なんだか湯冷めしそう」

由香は眉間に皺を作った。

「ねえ、ハンミ、立ち風呂はどうだった？」

ハンミはちょっと困った顔をした。

「猿がいた」

「え？　お風呂の中に？」

「中にはいなかった。お風呂に行く途中。お風呂の入口に猿がいた」

「本物の？」

「そんなわけないじゃない、石の猿よ、石でできた猿」

それからハンミは声を落とした。

「ちょっと怖かった。目が光るの」

「猿の？」

「石の猿の目が光るの。光の加減によってなんだけど」

由香は夜中にお稲荷《いなり》さんの前を通るのすら苦手なタイプだったので、光る目をした石猿を見たいとは思わず、冷蔵庫からサイダーを出してハンミに渡し、自分はコップ入りの地酒を飲んで体を温めて寝てしまった。

翌日の朝食で、例のきびきびした中年の仲居さんが現れたので、二人は石猿の光る目について質問をした。

「光って見えることもございますね。怖いというようなものではございませんのですよ。説明がありますのでね、読んでいただけたらわかりますんですけれども、全体は栃木から取り寄せた大谷石《おおや》で作ってありますが、あの猿の目には地元で採れました石が入っておりまして、それが蔵篠猿宿パラサイトという名前の隕石《いんせき》になっておりますす。それに琥珀《こはく》のような色をした物質が入っているものでございますから、光の加減によっては光るように見えるということなんでございまして、目ではなくて全体をごらんになりますと、面白い顔をしたおかしなお猿さんで、お客様にも人気でございます」

しれっとした顔で仲居さんが言うので、食事を済ませると二人は立ち風呂の入口にある猿の石像を見に行った。比較的新しいその像はなるほど愛嬌《あいきょう》のある顔をしていて、目にガラス玉のようにも見える変わった形状の石が嵌《は》め込まれていた。

——旅館「猿の宿」の猿は、創業七十年を記念して、猿宿の言い伝えに基づいて彫刻家・外崎正志《とのさきまさし》氏によって製作されました。栃木から取り寄せた大谷石を使い、目には猿宿で一九二〇年に発見されたというパラサイト隕石の欠片を使用しています。このパラサイト隕石は、発見場所の名前を取って蔵篠猿宿パラサイトと名づけられています。

石像の脇にかかった額にはそんな説明があって、県の博物館に所蔵されている蔵篠猿宿パラサイトの写真も印刷されていた。

「パラサイトっていうのは」

と、宙をにらみながら由香は言う。

「寄生虫って意味じゃないの？　パラサイト・シングルとか言うじゃない。親にいつまでも食べさせてもらってる寄生虫みたいな娘とか息子のこと」

由香が顔をハンミに向けると、またもやハンミは何か言いたげな表情を見せたが、それを遮るように聞こえてきたのは男の声だった。由香は振り返り、ハンミも開けかけた口を閉じる。ハンミは男の顔と石猿を見比べる。男はすっかり打ち解けたように、ハンミと由香を見て笑みを浮かべすらした。

「そのパラサイトとこのパラサイトでは綴《つづ》りが違うんです。隕石のパラサイトは発見者の探検家パラスの名前に、石を表すiteがついてパラサイトと言うんです。隕石の中でも石鉄《せきてつ》隕石で、網状になった鉄やニッケルの合金の中に蜜が紛れ込んだかのような美しいかんらん石、ペリドットというのですが、これが混じりこんでいる。重力のかかる地球では、このような構造はありえないのです。惑星のマントル部分が隕石として落下したと考えられるもので、宇宙の誕生に思いを馳《は》せさせる非常に美しい隕石ですね。それをこれはわざわざスフィアといって、磨いて球《たま》にしたものを目に入れたのでしょう」

男はそう言って少し笑うと、説明書きの額を軽く叩いた。

「猿宿で一九二〇年に発見されたパラサイト隕石を使用と書いてありますが、これは間違い、あるいは積極的に言って嘘でしょうね。県立博物館にある貴重品を削って球にするわけにはいかないでしょうから。別のところから持ってきたパラサイトか、あるいはフェイク……。まあ、宿の体面もあるから、そんなことは公にはできないけど」

男はそれだけ言うと、がっちりしたスーツケースを二つ、宿の受付で宅配便で送る手続きをした。石は貴重品だからとわざわざ荷札をつけていたから、どうやら中には例のナイロンバッグがおさまっていて、石だけ先に旅立たせるようだった。

「今日はどちらに行かれるんですか?」

男は受付の脇を通って部屋に戻ろうとする二人の女子大生に声をかけた。

「なんにも決めていません」

「鍾乳洞じゃなかったっけ?」

「猿宿の鍾乳洞に?」

「昨日タクシーの運転手さんに聞いたので、行ってみようかなって」

「まだ見ていないんですね」

「昨日の夜、こちらに着いたんです。今日は一日、近くでのんびりして、夜には東京に戻ります」

「とくに予定がないなら、猿宿の鍾乳洞はおすすめですけどね」

そう男は言って、二人に愛想よく笑いかけたが、その笑顔はまるで昨日とは別人のようで、由香は心もち気を緩ませ、ハンミはまた何か言いたそうな顔つきになった。

宿を出ると、二人は地図を頼りに猿宿鍾乳洞に出かけた。宿の前の停留所でローカルバスを十五分ほど待ち、坂道をゆるゆる上り、鍾乳洞前で降りて、矢印に従って赤い手すりをつけた階段を上って渓谷を散策すると、石に刻まれた「猿宿鍾乳洞」の文字が出てきて、切符売り場には不機嫌なおばさんが一人座ってにこりともせず、釣銭と何年前に作ったのかわからない黄ばんだ入場券を突き出してよこした。

「誰もいないね」

不安そうにハンミは言った。

「ここがそんなに名所だとは思えないよ」

二人は口々に文句を言ったが、一歩一歩洞窟に向かって進んでいくうちにどこかしらすがすがしいような気持ちに変わっていった。マイナスイオンがたくさん含まれていそうな空気が彼女たちを包み込んでいたし、なるほどタクシーの運転手が言ったように、老婆の垂れ下がった乳のような形の柱ではなくて、壁面からテーブル状にせり出してくる珍しい形の洞窟生成物がそこらじゅうにある洞《ほら》の中は、非日常的な雰囲気が満点で冒険心をかきたてるのだった。

でこぼこした地面に足を取られないように用心して進むと、少しばかり広い空間に到達し、わざわざ設置したらしい照明を映して、水面を光らせる水たまりのようなものも見えた。

「昔はここに温泉が溜まっていたと言われているのですが、現在は地下水が浸《し》みだしているだけで温かくはないんです。効能もとくにありません」

そう声がするので、二人が振り返ると、そこには宿で出会った男が立っていて、とうぜんのことながら女子大生たちは驚いて声を上げた。

男のほうは面白そうに口元を歪ませて、

「またお会いしましたね」

と言った。そしてとってつけたように名刺を差し出したのだが、そこには「猿宿鍾乳洞ボランティアガイド」と印刷してあった。

「ボランティアガイド？」

「ええ。まあ、土地の者なら持っている資格ですけどね」

土地の者、と言ったので、女の子たちは怪訝《けげん》な顔をした。宿に泊まっていたのだし、とうぜん旅行者だと思っていたのだ。

「ええまあ隠すつもりもないのですが、私はあの宿の当主の息子です。いわば三代目になるのですが、いまはまだ親父も元気なので、趣味の石集めと土地のボランティアガイドなどをして楽しく暮らしているのです」

男の名刺には「田中良夫《たなかよしお》」と平凡な名前が書かれ、裏を返すと『猿の宿』常務」とある。

「ジョーム？」

「父が代表取締役で、母が専務です。できれば常務も弟に譲りたいのですが、まだ大学生なので卒業するまで待ってくれと言われています」

男はふざけた様子でもなかったし、声が洞窟内に木霊《こだま》してどこか重々しくすら響いた。

「楽しく暮らしているなんていいですね」

由香は言い、その言葉にひどく心がこもっていることにハンミは気づいた。

洞窟の中の温度は十度ほどで、ひんやりしてはいたが寒くはなかった。掛けるといいと男が言うので、由香とハンミは置かれた丸椅子に腰を掛けた。

「リムストーンプールといいましてね」

男は再び水たまりに話を戻した。

「昔はここに温泉が湧いて、しかも猿が入りに来たと言うんですね」

男は穏やかに話し始めた。

「ここは猿の温泉宿だったんですよ。伝説によればね。ニホンザルたちがこぞってやってきてあのへんのお湯に浸ってる姿を想像すると楽しいでしょう？　そのころの猿宿はのんびりしたところだったんでしょうね。人も猿を優先して入らせていたわけですから。それが変わったのが例の、隕石落下だったと言います。ニホンザルがのんびりくつろぐ場所ではなくなってしまったんですね。古文書によれば天明《てんめい》の大飢饉《だいききん》のあった年だということです。飢饉はあるわ、空から石が降ってくるわで大騒ぎになり、もう日本はおしまいだという話になったと記録が残っているのです。しかし時代が時代だけにあらゆる騒ぎに巻き込まれて隕石はそのままここに置き去りにされて、学者が見つけて回収したのは一九二〇年になってからのことになります。隕石の名前はね、発見場所の郵便局の名前がつくことになっているんですよ、ご存じないと思いますが。ここらを管轄する郵便局は蔵篠猿宿局だから、蔵篠猿宿で出たパラサイトってことで、蔵篠猿宿パラサイト。ところで隕石といって、なにか思い出しませんか？　たとえば」

男は突然言葉を切って、ラヴクラフトなんかいまの若い人は読まないのかなと独り言めいたつぶやきをしたが、はっきり言って男はそう年を取ってもいなくて、物腰やしゃべり方こそ若干老けた印象があったが、三十になるかならないかといった見かけだった。

男は女子大生二人にほとんど相槌すら打たせずに、滔々《とうとう》とラヴクラフトの『宇宙からの色』のあらすじを語り始めた。アーカムという村に隕石が落下する。大学教授が調べたにもかかわらず消失してしまったかに見えた隕石だったが、それ以来農夫ネイハムは異様な体験を重ねることになる。畑の作物はすべてだめになり、近隣の植物は妙な色を見せて輝き出し、動物や昆虫に奇形が現れる。ネイハムの妻ナビーは発狂し、家畜は死に絶える。

不思議なことに、語っている男はひどくうれしそうで、生き生きとした瞳が輝くようにすら見えた。それを聞いている由香のほうも完全に男の話に夢中になっている様子だった。ハンミは二人とは正反対に少し蒼《あお》ざめた顔をしていて、あまり話に乗っていないようだった。

「井戸に、光る何物かが取り憑いたのです。もちろん隕石が連れてきた何物かがね。この隕石がパラサイト隕石だったかどうかはもちろん書かれていないのですが、この物語の中の隕石は、まるで最初にあなたがたが誤解したように、寄生物のようでしょう？」

男はいかにもいい冗談を思いついたと言いたげに、くっくっと笑い始めた。釣られて由香も笑い始めて、具合悪そうにしているハンミに構わず、二人は大きな声で長いこと笑い、それが鍾乳洞の中でうわんうわんと反響し、リムストーンプールの水すら揺れるように見えた。

「隕石の中に宇宙からやってきた光色の球体があって、それが井戸の中に入ってしまったというのですが。もちろん最近の派手なハリウッド映画の隕石モノとは違って、マッチョの男が人類の危機を救ったりはしないんだけれど、隕石の話といっていちばん印象的なのは『宇宙からの色』ですよ」

男が屈託《くったく》なく笑い続けているので、ハンミは小さく咳払いをした。

「ねえ、天明の大飢饉の年にここに降った隕石の話はどうなったんですか？　あなたはこの猿宿鍾乳洞のガイドさんなんでしょう？」

ああそうでした、すっかり忘れるところでした、と男は言葉を継いだが、じつのところまったく忘れてなどいないのだと言わんばかりにハンミの顔をじっと見たので、ハンミは目を逸《そ》らした。ずっと気になっている男の目が、それこそ奇妙な色さえ帯びているようにハンミには思えたからだ。

「一九二〇年になって、ここでパラサイト隕石が発見されたと言いましたね。それもたいそう大きなものだったそうですよ。県立博物館にあるものも、漬け物石くらいの大きさがありますからね。それが見つかったころには、ここらに近づく人もいなくなって長かったものだから、実はこの鍾乳洞自体も、隕石といっしょに再発見されたのです。そして隕石と関係があるのかないのかわかりませんが、猿宿にはもう猿がいなかった。そしてこの鍾乳洞からは動物の骨がずいぶん出てきたのです。もちろん鍾乳洞の石灰岩から骨化石が出ることはよくあるのですが、ここで出た骨は比較的新しいものだった。まだ化石化する以前の状態だったということです」

骨と聞いてハンミは顔をしかめたが、由香は熱心にうなずいて促し、男は話を続けた。

隕石を発見した後、学者が古老を訪ねて話を聞くと、いくつかの証言が得られたという。

隕石が降ったのはたしかに飢饉の年で、その年あたりまでは猿宿にはニホンザルがいた。ところがあの年以来めっきり猿が姿を見せなくなった。そこで人々はこんな噂をした。空から降ってきた石には毒が入っていて、湯に浸かっていた猿たちは毒に当てられてみんな死んでしまったに違いない。

「なんだか『宇宙からの色』みたいな話でしょう?」

と、男は得意そうに言った。

「もちろんパラサイト隕石に毒性などありません。猿たちは他の理由でこの土地を去ったか死に絶えたかだろうと考えるほうが普通です。しかし別の話もありましてね」

猿はそれ以降猿宿に現れなかった。実際ニホンザルはその土地にも近郊にも生息していない。にもかかわらず、猿宿の人々の間には奇妙な話が伝わっている。隕石落下の後に死んだのは猿ではなくて猿宿に生きていた人間たちだったというのだ。

原因は疫病とも飢饉とも言われているが、村の古い言い伝えでは石が落ちた年のことだったという。そしていったんは死に絶えた村だったのに、翌年旅人が訪れるとそこには何事もなかったように人が暮らしていた。ただ一つ違ったのは、村の人々の目の色が、まるで石鉄隕石のペリドットのような蜂蜜色をしていたことだった。「猿の目のよう」と古文書には記されているという。だから隕石の毒で死んだのは猿ではなくて人で、猿は逆に何物かに体を乗っ取られて人間に姿を変え、村で暮らし始めた。だから猿宿の人々は猿の末裔《まつえい》であり、隕石が運んできた何物かの末裔でもある。

「そう、私の家に残る『田中家文書』という古文書にありまして、もちろん荒唐無稽《こうとうむけい》な話ではあるのですが、たとえば青森にはキリストが大陸づたいに逃げてきて日本に渡って生涯を終えたと書いてある古文書もあるくらいですから、ありとあらゆる荒唐無稽なことには、案外論拠があるものなのです」

と男は言い、ゆっくりとまばたきをした。

鍾乳洞を出ると、由香とハンミはバスに乗ってJRの駅に行き、そこから二駅ほど先で降りて岬へ向かった。ハンミがせっかくだから海を見てから帰りたいと言ったからだ。

ハンミはすっかり食傷気味だったが、由香のほうは男の話が気に入ったらしく、「石のことをまた教えて欲しい」とまで言い出して、メールアドレスの交換すらしたのだった。

再びローカルバスに乗って岬の突端までやってきた二人は、長い階段を下って石ばかりがごろごろする浜辺に到着した。

「ねえちょっと、これはいわゆるチャートという石じゃないかしら」

由香は縞模様の刻まれた石を拾い上げた。

「けっこうハマるわ、これ。これは泥岩だと思う?」

次に由香が拾ったのは丸い小さな灰色の石で、ハンミは思わず肩をすくめた。

「由香、私ずっと気になっていたんだけど」

なぜだか下を向いて石ころばかり見ている由香に、ハンミは声をかける。

「あの男の人の目、ちょっと変わってなかった?」

「そんなことないでしょ。明るい茶色だってだけだよ」

ハンミは頭の中で男の奇妙な目の色を思い出した。

「由香はあの人のことが気に入ったんでしょ」

「まあね。いろんなこと知ってていいじゃない。ああいうおたくっぽい人、わりと好き。いろいろ教えてもらえそう」

「友達だから応援はするけど」

ハンミは気乗りのしない声で言って、西の海に沈む前に金色の光を放つ太陽をまぶしそうに眺め、それから振り返って友人を見た。

「由香？」

友達の目が太陽を反映して金色に光るので、ハンミはふいに目をくらませる。

ハクビシンを飼う

木戸を押して中に入ると、シロツメクサやカラスノエンドウ、ぺんぺん草の類が庭を覆っていて、誰もいないのに小さな花をいくつも咲かせていた。桜が花びらを散らし、柿が新芽をのぞかせ、楓《かえで》、木蓮《もくれん》、棕櫚《しゅろ》、椿《つばき》、枇杷《びわ》に梅に夏蜜柑《なつみかん》、脈絡もなく庭を占拠した木々は鬱蒼《うっそう》と茂り、蔓性の植物が母屋の屋根までからみついている。おばさんが住んでいた木造家屋はあまり大きくない平屋だったが、垣根の向うの狭い畑を含めればそれなりの地所ではあった。

築五十年は経過しているので、玄関の引き戸も各部屋の雨戸も立てつけがいいとは言いがたかった。押したり引いたり叩いたりして、沙耶《さや》は窓を開け、空気を入れ換えた。亡くなって一月半、入院していたころも含めれば三月近く持ち主が不在だった家は、ひどく埃っぽかった。荷物も何もかも処分してしまうことを考えればそのままにしておいてもかまわなかったのだが、息苦しい気がして掃除機をかけた。具合が悪くなって病院に行ったときは、そのまま帰れなくなるとは思わなかっただろうという話だったが、こうして家を訪ねてみるときちんと整理されていて、住人が覚悟を決めていただろうことを思わせた。しばらく使われていなかった茶の間の畳を固く絞った雑巾で拭《ふ》くと、縁側からは気持ちのいい風が来た。

掃除用のバケツを片づけて、茶の間に戻って仰天した。

縁側に人が腰かけていたからだ。

「どなた——？」

白のノーカラーシャツにベージュのカーディガン、こげ茶のコーデュロイパンツにワークブーツ姿の若い男は、憮然とした表情で、

「そちらは？」

と、訊ねた。不審者の質問に答える義務はない。沙耶は詰問を続けた。

「どこから入ったんですか？」

「庭からですよ。戸に鍵もかかっていないし。田舎の家なんてそんなもんでしょう、縁側なんて、玄関から入らない人のためにあるんだから」

「何してるんですか」

「近くまで来たので、寄ってみたんです。ここも見納めかなと思って」

「勝手に入らないでください」

「でも、この家は」

「私はこの敷地と建物の持ち主です」

「持ち主は先月亡くなりましたね」

「私は持ち主の姪《めい》で、相続人です」

「そうですか。まあ、それを言うなら僕もここに住んでた人の、まあ、甥《おい》みたいなものです」

男は、口調は静かだが一歩も引く姿勢は見せなかった。

男は見たところ二十代の終わりくらいで、鼻筋の通った端正な顔立ちをしていた。服装だけ見ればかたい会社の勤め人ではなさそうだったが、平日の日中などという時間帯の、田舎の一軒家にはそぐわない雰囲気があった。

「甥？」

「まあ、そんなところです」

「そういう方がいるとは聞いたことがありませんし、お葬式にもいらっしゃってはいないのでは？」

「葬式のことは知りませんでした」

男は言った。

沙耶は混乱して座り込んだ。

山梨《やまなし》県の外れの古い家に一人で暮らしていたおばさんは、沙耶の義理の父の妹にあたる。一度も結婚せずに定年まで甲府《こうふ》の信用金庫に勤め、両親を看取《みと》った後、その古い一戸建てに移り住み、庭で野菜を作っていた。親戚の誰ともつきあいがなく、変わり者ということで通っていた。

未婚で沙耶を生んだ母の昌代《まさよ》は、沙耶が九歳のときに塙洋一郎《はなわよういちろう》と結婚した。塙洋一郎は昌代より二十歳も年上で、二人が出会ったころは既婚者だった。家を飛び出して昌代たちといっしょに暮らし始め、何年もしてからようやく結婚した洋一郎は、最初の結婚をしていたころにつきあっていた親族や友人とは交際を断っていた。詳しい事情は知らないが、沙耶は義理の父の親戚という人々にほとんど会ったことがない。

「ないわけじゃないんだけどね」

と、母は言った。

「笙子《しょうこ》さんには一、二度、会ってるけどね」

笙子さん、というのがおばさんの名前だった。沙耶はまったく覚えていなかった。人づきあいが苦手で、兄の別居・離婚騒動のときも無反応だった笙子おばさんにだけは、親族と交際しなくなった洋一郎も、昌代と沙耶を会わせているのだという。

「写真もどっかにあったけどね」

そうして母が探し出してきた古びた写真の中では、洋一郎と昌代だけが寄り添って笑っていて、沙耶は兎《うさぎ》のぬいぐるみを抱えたまま半べそをかいている。不器用に離れて立つ笙子おばさんにいたっては、カメラに魂を抜かれると怯《おび》える幕末の農民のような固まった表情で、レンズの奥を睨みつけていた。

結局、おばさんの人嫌いには勝てずに、そのまま疎遠になった。それでも二年前の洋一郎の葬儀に、おばさんは重い腰を上げて現れたから、沙耶も笙子おばさんが山梨の家に住んでいることだけは知っていた。

そのおばさんが亡くなったと、市役所から連絡があった。実の兄が他界している今は、沙耶がいちばん近い親族なのだという。正式ではないが、遺産は兄の娘に贈るという遺言状のようなものも残っていると聞かされ、とにかく母と二人で葬式を出した。なんとか知り合いを呼ぼうと、あまり残っていない手紙の類から連絡をつけると、遠い親戚が二組と、信用金庫時代の知り合いが三人やってきた。

　とつぜん山梨の病院で亡くなってしまったおばさんの遺体を引き取り、葬儀を出し、あれこれ事務手続きをするのはたいへんだった。それでも洋一郎の妹だからと、昌代は手を尽くした。遺骨は、四月のおばさんの誕生日を過ぎたら、洋一郎が眠る八《はち》王子《おうじ》の寺の納骨堂に納めることにして、この日、沙耶はそのお迎えに来たのだった。

　二人だけの兄妹だったから、笙子に甥がいるとすれば、洋一郎の子供としか考えられなかった。前妻の息子、という疑念が沙耶の頭をよぎったが、前の結婚では子供はできなかったと聞かされていたし、目の前の男は沙耶より若く見えた。沙耶がいぶかしげに眺めているので、男は根負けしたように白状した。

「いえ、血縁関係はないいんだけれども。甥みたいなもんというか。あの人は僕のおじさんみたいなもんだというか」

「おじさん？」

　沙耶は、はじかれたように背を伸ばした。

「人違いじゃないの？　笙子おばさんは女ですよ」

　目の前の男は悪びれもせずに言った。

「僕が言ってるのは、笙子さんといっしょに暮らしてたヨシノブさんのことですよ」

「ヨシノブ？」

「彼は僕のおじさんのようなものでした」

「じゃなくて、笙子おばさんとはどういう」

「笙子さんの、男というか」

「オトコ？」

「だっていっしょに暮らしてたんだから」

「知らない、そんなこと」

「信じられませんか。七十過ぎの女の人に恋人がいたなんてこと。ヨシノブさんも同じくらいの年でした。僕は信じられるけど。この目で見てたから。仲のいいカップルでしたよ。二人だけの世界があるって感じだったな」

　男は庭の隅のたわわに実った夏蜜柑を指さした。

「ああいうのをよく煮てジャムを作っていて、いつもいい匂いのする家でしたね。といっても僕が訪ねたのも一年に一回くらいだったけど。お土産によくマーマレードや梅のジャムをもらったんです。きっと台所のいつもの場所に、まだいくつも残ってるでしょう」

沙耶は急いで台所を見に行った。棚を乱暴に開け、手作りジャムの瓶が並べてある場所を見つけた。

「笙子おばさんの、お知り合いだったんですね」

沙耶がとうとう男の言い分を認めると、男はうなずいた。

若い男はヤマジタカシと名乗った。

ヨシノブというのは、地元の便利屋の社長だった人なのだ、とヤマジタカシは話し始めた。

「社長さん？」

「ええ。でも、彼も一年ほど前に亡くなりました。僕は血縁ではないのですが、生前世話になったことがあり、近くに来たら寄って挨拶をしていく仲でした」

男は茶の間の向うの廊下の隅に置かれた、懐かしい黒電話を指さして、

「あそこに貼ってある電話番号の、〈便利屋オーサコ〉というのがヨシノブさんの会社です」と言った。

沙耶は、ひんやりした廊下に出て、電話帳から切り抜かれた〈便利屋オーサコ〉の

連絡先が、劣化したセロハンテープの下で丸まりかけているのを確認した。

「オーサコ?」

「社長はオーサコさんという名前だったんです。オーサコヨシノブ」

「この方が、おばさんとつきあっていたんですか?」

「いっしょに暮らしてたんです」

「だって、人づきあいはほとんどないって話だったのに」

「他の人とはつきあってないって意味じゃないかな? お互い、いい年だったから、二人だけが楽しければいいと思ってたんでしょう。友達を呼んで騒いだりってのはなかったかもしれないけど、僕は何度か来ましたよ」

「何年くらいいっしょに住んでたんですか?」

「五年。いや、六年くらいかな」

「そんなに?」

「姪御さんなのに、知りませんでしたか」

それを聞いて沙耶は少し責められたような気がした。おばさんがつきあいたがらなかったとはいえ、老人の一人暮らしを、気にかけたことなど一度もなかったからだ。

ヤマジタカシは慰めるように言った。

「まあ、僕は驚かないけど。そういう人たちじゃなかったし、知らせていないだろうって、なんとなくわかるから」

おばさんの家は、荒れて手入れする人もいない農地の奥にあり、隣の家までは一キロ近くあった。いちばん近いバス停までも二キロくらいある。沙耶は東京から車で来ていたが、車を持たないおばさんがどうやってここで暮らせたのかは、不思議なくらいだった。

「オーサコさんは、独身だったんでしょうか？」

「昔はいろいろあったみたいだけど、僕の知る限りでは、一人でしたよ。どうしてあの二人は結婚しなかったのかなあ。年取っててめんどくさかったのかな。知り合ったときはもう、六十も半ばを過ぎてたはずだし」

「どうやって知り合ったの？」

沙耶は若い男に訊ねた。

塙笙子は還暦を過ぎてから、ずっと一人で住んでいた。

米以外の野菜は自家菜園で作り、肉や魚はほとんど食べなかった。バスに乗って買い物に行くのもごくたまのことで、平気で世捨て人のように暮らしていた。若い者のいない、老人も年々減るばかりの過疎の村の、誰も顧みない土地と家を手に入れて住みついたときは、どうかしていると言う人もいたけれど、そんな噂すらすぐに立たなくなった。変わり者の独身女がどこで何をしようと、誰も気にも留めなくなってしまったからだ。

電球が切れようが、風呂が不具合を起こそうが、人を呼んだりはしなかった。台風で瓦《かわら》が飛んだときすら、自分で屋根に上って直した。ただ、誰も知らないことだったが、雷だけは苦手で、昼間だろうと夜だろうと、雷鳴を聞くと布団を幾重にもかぶって耳を塞《ふさ》ぎ、ぶるぶる震えて過ごしていた。

それでもさすがに一人では手に負えないことが起こった。

天井からおしっこが漏れてきたのだ。

秋の始まりごろから、天井裏の物音が気になってはいた。どしんどしんと子供が転がるような音が聞こえてきたから、鼠《ねずみ》の大きいのが棲みついたのだろうかと危惧してもいた。それでも、人を呼ぶのは嫌だったので、薬屋で買い求めた燻蒸《くんじょう》剤を使ったり、箒《ほうき》の柄《え》で天井をつついたりしてごまかしていたのだった。

天井に大きなシミができ、いやなにおいも気になってきたところに水が垂れてきて、それが獣の尿だと気づいたときには、がまんできなくなった。

電話帳で「害虫・害獣駆除」を業務内容にうたっている業者の中で、もっとも近い住所の〈便利屋オーサコ〉にはがきを出した。

電話を掛けるのがおっくうだったからだ。

はがきの住所を頼りに古い家を訪ねたヨシノブの前に現れたのは、ひどくやせて、目ばかりがぎょろぎょろと大きい老女で、視線を合わせようともしないし、言葉もしどろもどろで、ほんとに自分を雇ったのがこの人なのか疑うほどだったという。「やせっぽちのイタチかなんかじゃないかと思うほどだった」と、ヨシノブは言ったそうだ。

けれども、茶の間の天井に現れたシミを見せられれば、長く便利屋をしている男には事情がすぐわかった。

天井裏にはハクビシンが棲みついているに違いない。

「ハクビシン？」

おばさんは怖そうに眉を顰《ひそ》めた。

「鼠じゃないの？」

「鼠よりでかいし、やっかいだな。だけど、まあ追っ払い方は似たようなもんだ。とにかく入ってきた経路を見つけて、さっさと追い出し、侵入口を塞ぐ。塞ぐ前に大量の糞《ふん》を掻《か》きださないといけないんだが、それは仕事だから任せな」

そう言うと、ヨシノブはてきぱきとあちこちに梯子《はしご》をかけ、素人にはわからないやり方で天井裏を覗き見て、点検をした。

「子供はいないね。ひとりもんだ」

ヨシノブは、汚れた作業着を叩きながら言った。

「そうなの」

おばさんは、少しだけ最初の緊張を緩ませて答えた。

「害獣だなんていうが、ハクビシンは昔からいるし、福をもたらすと言われたこともあったんだ。里に下りてきて餌をとるようになったからって、やみくもに悪者扱いするのはかわいそうだ。いいハクビシンもいるからね」

と、ヨシノブは言った。

「いいハクビシン?」

「うん」

そう言うと、ヨシノブは〈便利屋オーサコ〉の名刺を出した。

大迫美信、と書いてあった。

「ダイハクビシン、と読めるだろう」

得意のネタなのか、ヨシノブはからからと大笑いしたが、おばさんはあまりよくわからなかったのか、笑わなかった。

それから何度か、ヨシノブはおばさんの家に通うことになった。

ヨシノブは何通りかの追い出し方法を試した。爆竹を鳴らして脅かしたり、燻蒸剤で燻《いぶ》し出そうとしたり。ところが棲みついたハクビシンがどうもうまく出て行かない。最後の手段で捕獲作戦に打って出ることになり、天井裏に熟れたバナナを吊るした罠をしかけた。二、三日したら見に来るからとヨシノブが言った。

三日後の午後遅く、他を回って少し遅くなったヨシノブがその家にやってきたころ、小雨がぱらつき始めた。日のあるうちにと屋根裏の仕掛けを見に行った矢先、急に空の色が鈍さを増して、空を割るような雷光が走り、烈《はげ》しい落雷の音がして雨がごうごう言いながら降り注いだ。

トラップの檻に閉じ込められたハクビシンは目を光らせて檻の中を駆け回り、ヨシノブが檻にかけた軍手の指に噛みつきそうな勢いだったが、それよりもヨシノブを驚かせたのは、茶の間に上半身を折って伏せ、座布団を二枚頭にかぶって震えているおばさんの姿だった。

ヨシノブは檻を縁側の隅に置いて黒い布を掛け、風呂場で手と顔を洗って茶の間のおばさんの脇に戻り、

「ハクビシンは獲《と》れたし、もう心配いらねえよ」

と声をかけたのだが、おばさんは座布団を押さえていた手の一方をふらふら伸ばしてヨシノブの腕を握り、

「雷が収まったらお茶を淹《い》れるからもうしばらくここにいて」

と言ったのだった。

それで、ヨシノブは、そうした。

雷の音に怯えた小動物みたいに震えている小さなおばさんの傍《そば》にいて、ずっと腕につかまらせてやっていた。雷鳴が収まると、おばさんは約束通りお茶を淹れた。焙烙《ほうろく》

でちゃんと自分で炒《い》ったほうじ茶と、庭で採れた夏蜜柑で作ったマーマレードを自家製パンに薄うく塗ってお茶菓子代わりに出した。ヨシノブはうまい、うまいと言ってそれを食べた。

雨が降り続いて外は真っ暗で、とっくに時分時《じぶんどき》を過ぎていたのに気づいて、おばさんはヨシノブにご飯を食べて行くかと聞いた。

それで、ヨシノブはそうした。

裏山の木から落ちた栗を炊き込んだおこわや、おばさんが作った山菜のつくだ煮やきんぴら牛蒡《ごぼう》や、家庭菜園で採れる葱《ねぎ》や里芋や人参がごろごろ入った汁物を、ヨシノブはうまい、うまいと言って食べた。

「あんた、いっつもこんな贅沢な物を食べてんのかい」

と、ヨシノブはおばさんに聞いた。

おばさんは何を聞かれたんだかわからない振りをした。

それからおばさんは、自分で漬け込んだ梅酒を一人で飲んだ。悪いけど、毎晩一人で晩酌をするから、これを飲まないと食事した気がしないのよとおばさんが言ったのだという。車の運転があるヨシノブは一口だけ味見をして、次は車を置いてくる、と悔しがった。

いいかげん遅くなって、檻の中のハクビシンがキィキィ啼《な》きだしたのを頃合いに、ヨシノブが重い腰を上げた。

大きな檻を両手でつかみ上げて、トラックの荷台に載せようとしているのを見て、おばさんは声をかけた。

「この子、どうなるの?」

「ちょっと怪我《けが》したな。出たくって暴れたときに前脚をなんかにひっかけたかな」

ヨシノブは別の話をした。

おばさんは檻に近づいて、縮こまるその獣を見つめ、もう一度訊ねた。

「この子、どうなるの?」

ヨシノブは困ったように鼻の頭を掻いた。

「まあ、かわいそうだけど、捕まえちゃったもんはしょうがないな。処分だわ」

おばさんの顔はとたんに曇った。

「うちにさえ来なきゃ、捕まることもなかったのにね」

「まあ、そうだけど、あんたの家に勝手に住みこまれちゃかなわないだろう。こいつはここを自分ちだと思っちゃってるんだからさ。いっしょにゃ住めないんだから」

おばさんはしばらく考えていて、それから小さな声で言ったという。

「いっしょに住めないかしらね」

「だって、住めないから、俺を呼んだんだろう」

ヨシノブは呆れた声を出した。

「そうじゃなくって、飼うってことはできないの？」

「ハクビシンをか」

「この子、飼えないかな」

「本気かよ」

おばさんはこっくりうなずいた。ヨシノブは驚いて口を開けた。

「ま、飼って飼えないこともないけどな。飼っといて、やっぱり飼えないとなって追い出したりするのはまずいよ。飼うんなら最後まで飼ってやらんとね」

「この子、飼えるかな」

「飼うんなら、そういう手続きも取るし、小屋も作らなきゃならんだろう。だけどあんた、ほんとに飼う気か」

「飼おうかな」

「飼うのかよ」

「飼う」

こうして、おばさんはハクビシンを飼うことになり、ヨシノブはそのための手続きをしたり、ハクビシンを獣医に連れて行ったり、裏庭に小屋を作ったりで、足しげくおばさんの家に通うことになった。

そのうち、ヨシノブは自分の家に帰らなくなった。おばさんの家から出勤し、おばさんの家に戻り、ハクビシンに餌をやり、おばさんからご飯をもらった。台風で瓦が飛んだときに屋根を直すのはヨシノブの仕事になった。

二キロ先の雑貨店で日用品や米を買ってくるのもヨシノブの仕事になった。二人はいっしょに、ハクビシンを飼いながら暮らした。

誰にでも福をもたらすかどうかはわからないが、おばさんとヨシノブのもとには、ハクビシンとともに幸福が訪れた。

芋、栗、人参、牛蒡、独活《うど》、山椒《さんしょう》、山菜、菜の花、葱、韮《にら》、冬瓜《とうがん》、梅、夏蜜柑、枇杷。おばさんの庭と畑からは、なんでも採れた。ヨシノブは山から茸《きのこ》を採ってきたり、食べたいときには魚や肉を仕入れてきた。おばさんは菜食主義者ではなかったので、ヨシノブの持ってきたものはちゃんと料理して二人で食べた。

ハクビシンには伝説がある。

かつて、遠い昔、ハクビシンが雷とともに落ちてくる妖怪の一種だと思われていたころ、ハクビシンと恋に落ちた娘がいたという。村娘は熟柿《じゅくし》で甘い干し柿を作るのが上手だったが、ある日通りがかりの姿のいい侍に請われて干し柿をふるまった。侍は翌日になって、礼をしたいと美しい菊の花を持って訪ねてきた。侍は娘を嫁にもらいたいと、娘の両親に告げた。身分違いを盾に断り続けた父親が根負けして許すと、侍は娘に旅装束を着せて村を出て行った。二人は仲睦まじい夫婦となり、夜ごと寄り添うときは稲妻のような喜びが体をかけぬけたという。何年かして夫婦の暮らす土地に雷が落ちた夜、ぎざぎざと天を裂く光をたどるようにして、二匹の美しい雷獣が重なり合って天に上った。村娘は雷獣と恋に落ちて、雷獣になって天に上ったと、人々は噂した。

「雷獣？」

沙耶は訊ねた。

「ええ。昔の話に出てくる伝説の獣なんだけど、実際はハクビシンだったんじゃないかと言われていますね」

ヤマジタカシは、端正な顔をいたずらっぽくゆがめて答えた。

彼の話を疑うわけではなかったが、あまりに沙耶の知るおばさんの在《あ》りし日の逸話と違うので、沙耶はもう一度台所に行き、広口瓶に漬け込んだ梅酒がとろりといい琥珀色をしているのを確認した。

それから二人で庭に下りた。庭の隅にはフェンスで囲んだケージがあって、中には背の低い木が一本と、ねぐら用の木のうろがあった。

「これが、ハクビシンの小屋？」

沙耶が訊ねると、ヤマジタカシは軽く何度もうなずいた。

「ハクビシンのほうがおばさんより寿命が短かくてね。でも、五年近く飼ってたはずですよ。ヨシノブさんは、ハクビシンの飼い方を教えにしょっちゅうこの家に来てて、そのたびに飯も食ってって、車で来ると梅酒飲めないし、いいや、もう泊まっちまえってことになって、結局居ついちゃったんでしょう」

「でも、私の聞いてたおばさんのイメージとはぜんぜん違う。おばさんは、なんていうか、こう、枯れ木みたいな独身女性で、男の人とどうなるとか、色っぽい話をするとか、そういう感じじゃまったくなくて」

「枯れ木って」

ヤマジタカシがあからさまに気分を害していたので、沙耶はたしかに口を滑らせたと思った。おばさんについて知っていることといえば、凄《すさ》まじい形相でカメラを睨みつけていた三十代後半くらいの姿と、義理の父の葬儀で焼香をしている姿だけなのだった。

「写真」

と、沙耶はふと口にした。

「写真とか、残ってないのかな。私、おばさんのこと、ほんとに何も知らなくて」

「そういうものはないんじゃないかなあ。そういう人たちじゃないもの。カメラに向かって二人でポーズ取るようなタイプじゃなかった」

そうね、写真は撮らなかったでしょうね、と沙耶は心の中で相槌を打った。なんにもわかっていなくても、それだけは沙耶にも信じられる気がした。

「あ、ある」

ヤマジタカシは唐突にびっくりしたような声を出し、尻のポケットから携帯電話を取り出して開いた。

「ある、ある。僕、来て、撮ったんだ。これがその写真ですよ」

突き出された携帯電話の液晶画面に、鼻筋に白い毛のある動物が一匹写っていた。

「え？　でも、これは」

沙耶は口ごもった。

「どうかした？」

「これ、ハクビシン？」

「そう。これが、ここ。この小屋。わかるでしょう？　これがこっちにある木で、こいつがここに住んでたハクビシンです」

「おばさんとオーサコさんは一緒に写ってないんですね」

「だから、そういう人たちじゃなかったんですよ」

よく見ると写真の中のハクビシンは前脚に包帯を巻いていた。おばさんがハクビシンを飼っていたのは、事実のようだった。

「そしてこのハクビシンも、オーサコさんも、おばさんも、もういないんですね」

沙耶はケージの中を見つめて言った。

「誰もいなくなった。そう。ほんとにね」

ヤマジタカシはズボンのポケットから煙草を出し、いいですかと断ってから火をつけた。ふうわりと煙が空に上がった。

「それで、ヤマジさん、今日は何でこちらに？」

「たまたま近くに来たんですが、ここに車が入ってくのを見たから、誰か来たんだなと思ってね。線香でも上げられればと」

「仏壇とか、ないんです。骨壺《こつつぼ》しか。宗教葬じゃなかったし」

「いいですよ。骨壺に手を合わせる。気持ちの問題だから」

ヤマジタカシはほんとうに白い骨壺に手を合わせて、しばらく頭を下げていた。

「オーサコさんのお墓は、どこにあるの？　近く？」

目をつぶっている相手に沙耶は訊ねた。

ややあって、ヤマジタカシは目を開いた。

「いや、遠く。かなり上のほう。あの人も流れ者だったから」

沙耶は首を傾《かし》げた。上というのは、北のほうという意味だろうか。

「墓なんかあってもなくても同じでしょう、あの人には。そういうことには関心がありませんでしたから」

ヤマジタカシはぶっきらぼうに言った。

沙耶の中で、何かがつながっていくような気もした。たしかにおばさんには恋人がいたのかもしれない。もしおばさんに恋人がいたとしたら、その人も変わり者だったに違いない。そういう二人ならいっしょに暮らせたかもしれない。

「ああ、でも、ハクビシンが埋まってるところなら知ってる」

ヤマジタカシは声を上げた。

「ハクビシン？」

「ヨシノブさんより先に、ハクビシンが死んじゃって、裏山のあけびの木の根元に埋めたって言ってたから」

「ハクビシンのお墓があるってこと？」

「そう」

「遠い？」

「いや。すぐそこ。車で十分くらいかな」

沙耶は、ヤマジタカシを案内に立ててハクビシンの眠る場所を訪ねた。ヤマジタカシがこんなふうに言ったからだ。

「あの二人は死んだ後のことになんか、興味はないと思うよ。ただね、僕はそこまで現実的になれないんです。死んだ二人はきっとどっかで会ってるような気がする。たとえば、ハクビシンの眠ってるところの傍なんかで」

山へ行く車の中で、沙耶は少し妙な気持ちになった。

助手席に座っているヤマジタカシはきれいな顔立ちの筋肉質の青年で、熟したフルーツや香ばしい木の実のようないい香りがしていたからだ。

車を置いて、二人は山道に入った。

沙耶が下草に足を取られそうになるたび、ヤマジタカシはよく日に灼《や》けた腕を伸ばして彼女を支えた。

ヤマジタカシが指さす方向に、蔓のような茎が伸び、紫色の花をつけた木があった。近づくと紫の大きな花の脇に、中心だけが薄紅色をした白い別の花が咲いていた。

「花が二種類ある」

驚いている沙耶を見て、ヤマジタカシはおもしろがった。

「あけびの花、見たことない？　こっちの大きいのが雌花。小さくてたくさんある白いのが雄花」

「じゃあ、ここがハクビシンのお墓？」

「ええ。あけびはヨシノブさんの好物で、季節になると笙子さんが採ってきて、料理していたみたいです。そのまま食べても甘くておいしいんだけど」

ヤマジタカシは笑顔を見せた。沙耶はあけびの花に向かって手を合わせた。

散り始めた山桜の花びらが風に運ばれてきた。やわらかい風の吹くおだやかな晴れた日だった。

どうしてそんなことになったのか、沙耶はいまでもわからないのだが、沙耶の車でおばさんの家に戻り、西日のよくあたる縁側でとりとめのない話をしているうちに、体が内側からあたたかくなってきて、沙耶は隣に腰かけて木の実や果物のようないい香りをさせている男の腕をつかんで引き寄せた。

男は丸い黒目がちの目でしばらく沙耶のことを見つめていたが、やがて何もかも了解したように微笑んで、沙耶のくちびるを自分の薄いくちびるで覆った。リードしているのは青年ではなくて沙耶だった。男の首のあたりに舌をゆっくり這わせながら、男の大きな手を自分の胸元に引き寄せた。手はやわらかい動きをして、沙耶のつんと固くなった乳首をいじった。ふうとため息が沙耶の口から洩れた。あたたかいものが泡立つような感じが下腹からせり上ってきた。

男のくちびるが少しずつおりてきて、沙耶の乳首をとらえた。指のほうは、すっかり熱くなって湿った下半身をまさぐった。甘痒《あまがゆ》い感覚がかけめぐった。がまんできなくなって沙耶は男の指を払い、腰に手をまわした。押し分けるようにして入ってきたものが、体の奥のほうをたぷたぷと突く。あたたかい水が湧き出してきて、強い光のような快感が腰から背中、肩甲骨の脇から脳天までをつらぬくように走り、眼球から抜け出たみたいに、目がくらんだ。沙耶は、そのきもちよさがどこかに行ってしまわないように、少しでも体の中にとどまっているように、背筋を反らした。

そんなふうにして、遅い午後の時間を過ごした。

服を着てから沙耶は、不思議な気持ちにとらわれた。

満ち足りた感覚が残っているばかりで、なんのうしろめたさも感じないのが奇妙な気がして、つい口ごもった。

「いつも、こんなふうにしているわけでは」

ヤマジタカシは、来た時と同じように縁側に腰かけて、庭の夏蜜柑の木に目を向けたまま、静かにこっくりとうなずいた。

「私、東京にはつきあってる人がいて」

言いかけるのを最後まで聞かずに、ヤマジタカシは沙耶のほうを向き、何度もこくこくと首を振った。

「でも、私、さっき、すごく」

よかった、と言いかけて、沙耶は自分が何を言いだしているのかわからなくなった。ヤマジタカシはそれも最後までは言わせずに、

「それは、僕のほうがもっと」

と言って、また庭に視線を投げた。

ヤマジタカシが帰ると言って立ち上がった。

裏木戸のところまで送って手を振ると、ふいに閃光《せんこう》のような感覚が背筋に戻ってきて、沙耶は小さく息を洩らした。

彼が帰ったあとで、沙耶は〈便利屋オーサコ〉に電話を掛けてみたが、番号は現在使われていないというアナウンスが流れた。

このまま遺骨を東京に持ち帰ってしまったら、次に訪ねてくるのは家を処分するときになるだろうと思って、おばさんが恋人と暮らしていたころを思わせる持ち物がないかと、沙耶はあちこちの引き出しを開けてみた。

見つけたのは一冊のアルバムで、ハクビシンだけが何枚も写っていた。丸い目が、たったいま帰った若い男に似ているような気がした。

沙耶がヤマジタカシに会ったのは、そのとき一度きりだ。

「おばさんはハクビシンを飼ってたみたいなの」

東京に帰って沙耶は母の昌代にその話だけをした。

納骨も終えて日も過ぎるうち、あの男が話したことはほんとうだったんだろうか、おばさんはハクビシンを飼いながら最後の何年かを過ごしただけではないか、と思えてきた。

次に、オーサコヨシノブなんて人はいなくて、ほんとうはハクビシンだったのではないか、という気がしてきた。

そして何年も経つうちに、あの日のことはすべて、夢の中で起きたことなんじゃないかと思うようになった。

この作品は、二〇一三年一一月に小社より刊行されたものです。

|著者| 中島京子　1964年東京都生まれ。出版社勤務を経て渡米。帰国後の2003年『FUTON』（講談社）でデビュー。2010年『小さいおうち』（文藝春秋）で第143回直木賞を受賞。2014年、本作で第42回泉鏡花文学賞を受賞。2015年『かたづの！』（集英社）で第３回河合隼雄物語賞、第４回歴史時代作家クラブ賞作品賞、第28回柴田錬三郎賞を受賞。同年『長いお別れ』（文藝春秋）で第10回中央公論文芸賞、さらに翌2016年、同作品で第５回日本医療小説大賞を受賞。2020年『夢見る帝国図書館』（文藝春秋）で第30回紫式部文学賞を受賞。2022年『ムーンライト・イン』（KADOKAWA）、『やさしい猫』（中央公論新社）で第72回芸術選奨文部科学大臣賞（文学部門）を受賞。同年『やさしい猫』で第56回吉川英治文学賞を受賞。その他、著作多数。

妻《つま》が椎茸《しいたけ》だったころ
中島《なかじま》京《きょう》子《こ》

2016年12月15日第１刷発行
2024年11月８日第８刷発行

発行者——篠木和久
発行所——株式会社　講談社
東京都文京区音羽2-12-21　〒112-8001
電話　出版（03）5395-3510
販売（03）5395-5817
業務（03）5395-3615

Printed in Japan

講談社文庫
定価はカバーに表示してあります

KODANSHA

デザイン—菊地信義
製版——TOPPAN株式会社
印刷——株式会社KPSプロダクツ
製本——株式会社国宝社

ISBN978-4-06-293550-0

講談社文庫刊行の辞

二十一世紀の到来を目睫に望みながら、われわれはいま、人類史上かつて例を見ない巨大な転換期をむかえようとしている。

世界も、日本も、激動の予兆に対する期待とおののきを内に蔵して、未知の時代に歩み入ろうとしている。このときにあたり、創業の人野間清治の「ナショナル・エデュケイター」への志を現代に甦らせようと意図して、われわれはここに古今の文芸作品はいうまでもなく、ひろく人文・社会・自然の諸科学から東西の名著を網羅する、新しい綜合文庫の発刊を決意した。

激動の転換期はまた断絶の時代である。われわれは戦後二十五年間の出版文化のありかたへの深い反省をこめて、この断絶の時代にあえて人間的な持続を求めようとする。いたずらに浮薄な商業主義のあだ花を追い求めることなく、長期にわたって良書に生命をあたえようとつとめるところにしか、今後の出版文化の真の繁栄はあり得ないと信じるからである。

同時にわれわれはこの綜合文庫の刊行を通じて、人文・社会・自然の諸科学が、結局人間の学にほかならないことを立証しようと願っている。かつて知識とは、「汝自身を知る」ことにつきていた。現代社会の瑣末な情報の氾濫のなかから、力強い知識の源泉を掘り起し、技術文明のただなかに、生きた人間の姿を復活させること。それこそわれわれの切なる希求である。

われわれは権威に盲従せず、俗流に媚びることなく、渾然一体となって日本の「草の根」をかたちづくる若く新しい世代の人々に、心をこめてこの新しい綜合文庫をおくり届けたい。それは知識の泉であるとともに感受性のふるさとであり、もっとも有機的に組織され、社会に開かれた万人のための大学をめざしている。大方の支援と協力を衷心より切望してやまない。

一九七一年七月

野間省一

講談社文庫　目録

長浦 京 リボルバー・リリー
長浦 京 マーダーズ
中脇初枝 世界の果てのこどもたち
中脇初枝 神の島のこどもたち
中村ふみ 天空の翼 地上の星
中村ふみ 砂の城 風の姫
中村ふみ 月の都 海の果て
中村ふみ 雪の王 光の剣
中村ふみ 永遠《とわ》の旅人 天地の理《ことわり》
中村ふみ 大地の宝玉 黒翼《こくよく》の夢
中村ふみ 異邦の使者 南天の神々
夏原エヰジ Cocoon〈修羅の目覚め〉
夏原エヰジ Cocoon2〈蠱惑の焔〉
夏原エヰジ Cocoon3〈幽世の祈り〉
夏原エヰジ Cocoon4〈宿縁の大樹〉
夏原エヰジ Cocoon5〈瑠璃の浄土〉
夏原エヰジ 連理の宝〈Cocoon外伝〉
夏原エヰジ Cocoon〈京都・不死篇—蠢《しゅん》—〉
夏原エヰジ Cocoon〈京都・不死篇2—疼《とう》—〉
夏原エヰジ Cocoon〈京都・不死篇3—愁《しゅう》—〉
夏原エヰジ Cocoon〈京都・不死篇4—嗄《か》—〉
夏原エヰジ Cocoon〈京都・不死篇5—巡《めぐる》—〉
長岡弘樹 夏の終わりの時間割
ナガノ ちいかわノート
西村京太郎 華麗なる誘拐
西村京太郎 寝台特急「日本海」《メモリー・トレイン》殺人事件
西村京太郎 十津川警部 帰郷・会津若松
西村京太郎 特急「あずさ」《アリバイ・トレイン》殺人事件
西村京太郎 十津川警部の怒り
西村京太郎 宗谷本線殺人事件
西村京太郎 奥能登に吹く殺意の風
西村京太郎 特急「北斗1号」《スーサイド・トレイン》殺人事件
西村京太郎 十津川警部 湖北の幻想
西村京太郎 九州特急「ソニックにちりん」殺人事件
西村京太郎 東京・松島殺人ルート
西村京太郎 新装版 殺しの双曲線
西村京太郎 新装版 名探偵に乾杯
西村京太郎 南伊豆殺人事件
西村京太郎 十津川警部 青い国から来た殺人者
西村京太郎 新装版 天使の傷痕
西村京太郎 新装版 D機関情報
西村京太郎 十津川警部 猫と死体はタンゴ鉄道に乗って
西村京太郎 韓国新幹線を追え
西村京太郎 北リアス線の天使
西村京太郎 十津川警部 長野新幹線の奇妙な犯罪
西村京太郎 上野駅殺人事件
西村京太郎 京都駅殺人事件
西村京太郎 沖縄から愛をこめて
西村京太郎 十津川警部「幻覚」
西村京太郎 函館駅殺人事件
西村京太郎 内房線の猫たち〈異説里見八犬伝〉
西村京太郎 東京駅殺人事件
西村京太郎 長崎駅《ナガサキ・レディ》殺人事件
西村京太郎 十津川警部 愛と絶望の台湾新幹線
西村京太郎 西鹿児島駅殺人事件
西村京太郎 札幌駅殺人事件
西村京太郎 十津川警部 山手線の恋人

講談社文庫　目録

西村京太郎 仙台駅殺人事件
西村京太郎 七人の証人〈新装版〉
西村京太郎 十津川警部 両国駅3番ホームの怪談
西村京太郎 午後の脅迫者〈新装版〉
西村京太郎 びわ湖環状線に死す
西村京太郎 ゼロ計画《プラン》を阻止せよ〈左文字進探偵事務所〉
西村京太郎 つばさ111号の殺人
仁木悦子 猫は知っていた〈新装版〉
新田次郎 新装版 聖職の碑《いしぶみ》
日本文芸家協会編 愛染夢灯籠〈時代小説傑作選〉
日本推理作家協会編 犯人たちの部屋〈ミステリー傑作選〉
日本推理作家協会編 隠された鍵〈ミステリー傑作選〉
日本推理作家協会編 Play《プレイ》 推理遊戯〈ミステリー傑作選〉
日本推理作家協会編 Doubt《ダウト》 きりのない疑惑〈ミステリー傑作選〉
日本推理作家協会編 Bluff《ブラフ》 騙し合いの夜〈ミステリー傑作選〉
日本推理作家協会編 ベスト8ミステリーズ2015
日本推理作家協会編 ベスト6ミステリーズ2016
日本推理作家協会編 ベスト8ミステリーズ2017
日本推理作家協会編 2019ザ・ベストミステリーズ
日本推理作家協会編 2020ザ・ベストミステリーズ
日本推理作家協会編 2021ザ・ベストミステリーズ
二階堂黎人 ラン迷宮〈二階堂蘭子探偵集〉
二階堂黎人 増加博士の事件簿
二階堂黎人 巨大幽霊マンモス事件
新美敬子 猫のハローワーク
新美敬子 猫のハローワーク2
新美敬子 世界のまどねこ
西澤保彦 新装版 七回死んだ男
西澤保彦 人格転移の殺人
西澤保彦 夢魔の牢獄
西村健 ビンゴ
西村健 地の底のヤマ(上)(下)
西村健 光陰の刃《やいば》(上)(下)
西村健 目撃
楡周平 修羅の宴(上)(下)
楡周平 バルス
楡周平 サリエルの命題
西尾維新 クビキリサイクル〈青色サヴァンと戯言遣い〉
西尾維新 クビシメロマンチスト〈人間失格・零崎人識〉
西尾維新 クビツリハイスクール〈戯言遣いの弟子〉
西尾維新 サイコロジカル(上)〈兎吊木垓輔の戯言殺し〉／(下)〈曳かれ者の小唄〉
西尾維新 ヒトクイマジカル〈殺戮奇術の匂宮兄妹〉
西尾維新 ネコソギラジカル(上)〈十三階段〉
西尾維新 ネコソギラジカル(中)〈赤き征裁vs.橙なる種〉
西尾維新 ネコソギラジカル(下)〈青色サヴァンと戯言遣い〉
西尾維新 ダブルダウン勘繰郎《かんくろう》 トリプルプレイ助悪郎《スケアクロウ》
西尾維新 零崎双識の人間試験
西尾維新 零崎軋識《ぜろざききししき》の人間ノック
西尾維新 零崎曲識の人間人間
西尾維新 零崎人識の人間関係 匂宮出夢との関係
西尾維新 零崎人識の人間関係 無桐伊織との関係
西尾維新 零崎人識の人間関係 零崎双識との関係
西尾維新 零崎人識の人間関係 戯言遣いとの関係
西尾維新 xxxHOLiC アナザーホリック ランドルト環《かん》エアロゾル
西尾維新 難民探偵
西尾維新 少女不十分
西尾維新 本題〈西尾維新対談集〉

講談社文庫　目録

西尾維新　掟上《おきてがみ》今日子《きょうこ》の備忘録
西尾維新　掟上今日子の推薦文
西尾維新　掟上今日子の挑戦状
西尾維新　掟上今日子の遺言書
西尾維新　掟上今日子の退職願
西尾維新　掟上今日子の婚姻届
西尾維新　掟上今日子の家計簿
西尾維新　掟上今日子の旅行記
西尾維新　掟上今日子の裏表紙
西尾維新　新本格魔法少女りすか
西尾維新　新本格魔法少女りすか2
西尾維新　新本格魔法少女りすか3
西尾維新　新本格魔法少女りすか4
西尾維新　人類最強の初恋
西尾維新　人類最強の純愛
西尾維新　人類最強のときめき
西尾維新　人類最強のsweetheart
西尾維新　りぽぐら！
西尾維新　悲鳴伝

西尾維新　悲痛伝
西尾維新　悲惨伝
西尾維新　悲報伝
西尾維新　悲業伝
西尾維新　悲録伝
西尾維新　悲亡伝
西尾維新　悲衛伝
西尾維新　悲球伝
西村賢太　どうで死ぬ身の一踊り
西村賢太　夢魔去りぬ
西村賢太　藤澤清造追影
西村賢太　瓦礫の死角
西川善文　ザ・ラストバンカー〈西川善文回顧録〉
西川　司　向日葵《ひまわり》のかっちゃん
西　加奈子　舞台
丹羽宇一郎　民主化する中国〈習近平がいま本当に考えていること〉
似鳥　鶏　推理大戦
貫井徳郎　新装版 修羅の終わり(上)(下)
貫井徳郎　妖奇切断譜

額賀　澪　完パケ！
A・ネルソン　「ネルソンさん、あなたは人を殺しましたか？」
法月綸太郎　法月綸太郎の冒険
法月綸太郎　新装版 密閉教室
法月綸太郎　怪盗グリフィン、絶体絶命
法月綸太郎　怪盗グリフィン対ラトウィッジ機関
法月綸太郎　キングを探せ
法月綸太郎　名探偵傑作短篇集 法月綸太郎篇
法月綸太郎　新装版 頼子のために
法月綸太郎　誰《たそ》彼《がれ》〈新装版〉
法月綸太郎　法月綸太郎の消息
法月綸太郎　雪密室〈新装版〉
乃南アサ　不発弾
乃南アサ　地のはてから(上)(下)
乃南アサ　チーム・オベリベリ(上)(下)
野沢　尚　破線のマリス
野沢　尚　深紅
野村克也　宮本慎也　師弟
乗代《のりしろ》雄介《ゆうすけ》　十《じゅう》七《しち》八《はち》より

講談社文庫　目録

葉室　麟　星火瞬く
葉室　麟　陽《かげ》炎《ろう》の門
葉室　麟　紫　匂　う
葉室　麟　山月庵茶会記
葉室　麟　津軽双花
長谷川　卓　嶽《がく》神《じん》伝《でん》〈上・白《しろ》銀《がね》渡り〉〈下・湖底の黄金〉
長谷川　卓　嶽《がく》神《じん》伝《でん》　鬼《き》哭《こく》(上)(下)
長谷川　卓　嶽神列伝　逆《さか》渡《わた》り
長谷川　卓　嶽《がく》神《じん》伝《でん》　血路
長谷川　卓　嶽《がく》神《じん》伝《でん》　死地
長谷川　卓　嶽神伝　風花(上)(下)
原田マハ　夏を喪くす
原田マハ　風のマジム
原田マハ　あなたは、誰かの大切な人
畑野智美　海の見える街
畑野智美　南部芸能事務所 season5　コンビ
早見和真　東京ドーン
はあちゅう　半径5メートルの野望
はあちゅう　通りすがりのあなた

早坂　吝《やぶさか》　○○○○○○○○殺人事件
早坂　吝　虹の歯ブラシ〈上《かみ》木《き》らいち発散〉
早坂　吝　誰も僕を裁けない
早坂　吝　双《そう》蛇《じゃ》密室
浜口倫太郎　22年目の告白〈―私が殺人犯です―〉
浜口倫太郎　廃校先生
浜口倫太郎　A　I　崩壊
原田伊織　明治維新という過ち〈日本を滅ぼした吉田松陰と長州テロリスト〉
原田伊織　列強の侵略を防いだ幕臣たち〈続・明治維新という過ち〉
原田伊織　虚像の西郷隆盛　虚構の明治150年〈明治維新という過ち・完結編〉
原田伊織　三流の維新　一流の江戸〈明治は「徳川近代」の模倣に過ぎない〉
葉《は》真《ま》中《なか》　顕《あき》　ブラック・ドッグ
原　雄一　宿命〈國松警察庁長官を狙撃した男・捜査完結〉
濱野京子　with you《ウィズユー》
橋爪駿輝　スクロール
パリュスあや子　隣人X
平岩弓枝　花嫁の日
平岩弓枝　はやぶさ新八御用旅(一)〈東海道五十三次〉
平岩弓枝　はやぶさ新八御用旅(二)〈中仙道六十九次〉

平岩弓枝　はやぶさ新八御用旅(三)〈日光例幣使道の殺人〉
平岩弓枝　はやぶさ新八御用旅(四)〈北前船の事件〉
平岩弓枝　はやぶさ新八御用旅(五)〈諏訪の妖狐〉
平岩弓枝　はやぶさ新八御用旅(六)〈紅花染め秘帳〉
平岩弓枝　新装版 はやぶさ新八御用帳(一)〈大奥の恋人〉
平岩弓枝　新装版 はやぶさ新八御用帳(二)〈江戸の海賊〉
平岩弓枝　新装版 はやぶさ新八御用帳(三)〈又右衛門の女房〉
平岩弓枝　新装版 はやぶさ新八御用帳(四)〈鬼勘の娘〉
平岩弓枝　新装版 はやぶさ新八御用帳(五)〈御守殿おたき〉
平岩弓枝　新装版 はやぶさ新八御用帳(六)〈春月の雛〉
平岩弓枝　新装版 はやぶさ新八御用帳(七)〈寒椿の寺〉
平岩弓枝　新装版 はやぶさ新八御用帳(八)〈春怨　根津権現〉
平岩弓枝　新装版 はやぶさ新八御用帳(九)〈王子稲荷の女〉
平岩弓枝　新装版 はやぶさ新八御用帳(十)〈幽霊屋敷の女〉
東野圭吾　放課後
東野圭吾　卒業
東野圭吾　学生街の殺人
東野圭吾　魔球
東野圭吾　十字屋敷のピエロ

2024年9月13日現在